为战而生 THE DOGS OF WAR

军犬的勇气、爱与忠诚

【美】丽莎·罗嘉克 著 丁剑 译

全国百佳图书出版单位
时代出版传媒股份有限公司
黄山书社

目录

1

引言

追捕本·拉丹：一只狗的视角

2011年5月1日晚上，在阿富汗－巴基斯坦边境，一只名叫卡伊罗的训练有素的军犬正准备登上两架黑鹰直升机中的一架。连同两架作为后援的支奴干直升机一起，它们将越过边境，前往距离巴基斯坦首都伊斯兰堡北方约40英里的阿伯塔巴德执行一项非常特殊的任务。比利时马林诺斯犬卡伊罗警觉地坐在地上，不时抽动耳朵，它对和它同行的人类战士的情绪有着超强的领悟力。

它以前和他们一起执行过许多次任务，但这次的感觉有所不同。两架黑鹰直升机引擎的转动声都很沉闷，它们具有用来降低螺旋桨噪音的独特的引擎罩和尾翼。另外，这些直升机还采用了防雷达设计，具有隐形功能。

尽管乘坐这些黑鹰直升机执行的任务大部分是速战速决，可是这一次，飞行员驾驶着直升机沿雷达覆盖不均匀的山地进行了多次迂回。毕竟，这次行动极端机密，70名突击队员——包括来自最精锐的海豹六队的24名精英，他们都知道，唯一的取胜之道是突入后立刻作战，然后在巴基斯坦人觉察入侵事件并派出军队前撤离。

卡伊罗也感到这次任务不同寻常。近几周来，它的小队训练强度比平常更大。平常很爱说话，会不时摸摸它的头的人类同事，这一次也一反常态。他们很安静，嘴里偶尔才蹦出几个字。他们往

英里
长度单位，1英里＝1.609344千米。

马林诺斯犬
这种犬以敏锐著称。

脚下看的次数比平时更多。卡伊罗感受到了这种情绪，于是它一路上警觉地蹲着而不是躺下，试图破译它的同事们的情绪。

还有，围在它身旁的这些人全副武装，身着全套战斗装备：除了手枪和M4突击步枪之外，他们的头盔上还装载了夜视镜。

卡伊罗也同样做了充分的准备。和那些从来不习惯穿简易防弹背心的非精英部队的军犬不同，它穿着K–9风暴入侵者夹克，感觉很舒服。除了其他特性之外，这件防弹夹克还在它的肩胛骨中间部位的支架上安装着一个夜视实景电视摄像头。这个摄像头从靠近地面的低角度——以狗的视角——捕捉行动场面，它的训导员佩戴有通过无线和狗耳朵里的无线发射机连接的小耳机。通过这种方式，它的人类搭档就能一边观看卡伊罗背上的摄像头捕捉的动态画面，一边在几百码外低声向它发出指令。

卡伊罗感到这次任务不寻常还有另一个原因：它有可能从直升机上通过索具垂降。它的训导员已经系上了那条特别的索具，他们曾经无数次在训练中使用这种索具在直升机悬停时降落，它记得螺旋桨从地上搅起的尘土和碎屑。它也戴着眼镜——犬用眼镜。同时，它的人类搭档准备好了夜视镜。卡伊罗不需要夜视镜，它的视力会随着黑夜光线的变化而自行改善。

当他们更靠近的时候，战士们变得更安静了。卡伊罗感受到身边的海豹队员身上流露出的紧张和坚定的决心。它的训导员一度用双手在它的防弹背心上前后抚动，就像在沐浴后用毛巾为它擦干身子一样。这是为了确保它在行动时不会因为什么地方松动而发出声音，那会引起他们准备袭击的那座院子里的人的注意。

卡伊罗不时听到一个人说到“杰罗尼莫”。它抽动着耳朵。在过去几周的加强训练中它也听到过这个词。它是那天晚上的目标，奥萨马·本·拉丹的代号。

超精锐的海豹六队成员通常一击必杀。但因为这次行动的危险性远大于平时，他们经过了缜密的研究和训练，还做过多次模拟。这次行动绝对不容许任何闪失。

卡伊罗也进行了加强训练。它不像其他训练嗅寻特定种类的爆炸物或毒品的军犬，它是专门的战斗搜索犬，能够在嗅过一片破布后找出拥有过这片布的人，即使那些气味已经过了几天之久。

但是，考虑到海豹部队的性质，尤其是像海豹六队这样的精英小队，卡伊罗也做过在任何战斗场景工作的准备，它有着丰富的经验可供利用。在猎杀本·拉丹的行动中，卡伊罗可以在大量不同的环境里运用它的能力。它能把海豹部队的战友领向被猎杀对象的藏身地，然后确定目标的身份，无论后者是死是活。如果目标碰巧在混战中逃走，卡伊罗还能追踪他，拦截他，并在它的人类增援部队赶到之前困住他。它还能在发现附近的爆炸物、地雷绊线或其他诱杀装置时向队友发出警告。

K-9风暴入侵者夹克

这是一种价值高达2万美元左右的犬用防弹夹克。

码

长度单位，1码＝0.9144米。

在许多文化里，特别是南亚和西亚，人们害怕无论体形大小任何种类的狗。在这种情况下，卡伊罗至少可以作为一种干扰，在那栋房屋的居民和院子里引起混乱，为海豹队员乘虚而入赢得足够的时间。在一次采访里，迈克·麦肯纳瑞（Mike McConnery）——为美国和其他国家繁殖和训练军犬的加拿大巴登 K–9 公司的所有人，为我举过这样几个例子：

“如果你看见我的狗扑过来，你可以向我的狗或我本人开枪。”他说，“如果你向我的狗开枪，我就向你开枪；如果你开枪射向我，我的狗就会攻击你。这样做能吸引坏人的注意力，给你几秒钟时间作出反应。”

他还补充说，一只像卡伊罗那样的狗，一定具有任何精英战士都必备的瞬间本能。“那些狗受训和小组一起行动。它们能以极快的速度分辨友好和敌意。另外，它们在奔跑的时候，能在 1 秒内从零加速到每小时 100 英里。它们像猫一样敏捷，还能在极高的压力下和它们的训导员保持高水平的沟通。”

在这次行动里，勇气是一种难得的优势，因为本·拉丹藏身的院子看起来牢不可破，周围环绕着高达 18 英尺的围墙。海豹队员十字瞄准镜里的三楼阳台给人以特别不寻常的感觉：被掩盖在 6 英尺高的围墙里，外人很难看到谁在里面。

到 4 月中旬，小组里的每个人都做好了充分的准备，一个个方案正在紧锣密鼓地筹划着，海豹队员们演练着若干个场景。

一个方案是轰炸那座院子，另一个方案是利用直升机突袭。在第一个方案里，无法保证本·拉丹就在那座住宅里，而且那座房子里所有的人都会被杀掉，连同附近的邻居。还有很重要的一点就是必须确认那是本·拉丹的尸体，而轰炸将毁掉一切。

第二个方案极度危险，而且是彻头彻尾的赌博。真的，奥巴马总统在权衡各种方案可能的风险时，内阁里的一些人说这个方案行动成功后撤回的机会小于50%。把成功袭击和俘获本·拉丹的目标寄托在一次成功率不高于55%的行动上，连奥巴马总统也颇有疑虑。

但自始至终,他们都知道这场行动需要一只狗。不是寻常军犬，而是像它的战友一样训练有素的精英。

他们需要卡伊罗。

所以，经过几个月的深思熟虑，并听取了国防部高级官员和顾问关于行动细节的汇报后，奥巴马总统告诉他们：

“去抓他吧。”

经过90分钟的飞行，是时候了！

直升机开始下降。两架黑鹰直升机上的突击队员向着前方打开的机舱门移动。他们准备发动袭击。一个小组将垂降在房顶，同

K–9
犬在英文中的书面语叫做canine，尤其是工作犬，canine的发音简写为K–9。K–9是搜索和救援，特别是城市搜救的意思。

英尺
长度单位，1英尺＝0.3048米。

时另一组将降落在地面，从地面突入到建筑物中，协力把本·拉丹包围起来。

那的确是一个混乱的场面。

本应该降落在院子里的那架黑鹰直升机撞到了围墙，开始不受控制地旋转起来。幸运的是，飞行员成功地进行了硬着陆，在副驾驶的帮助下，他们迅速改变原定计划展开了突袭。

海豹队员开始向建筑物发起进攻。

从一开始，总统奥巴马、国务卿希拉里·克林顿和其他高级军事官员及内阁成员就在白宫实时观看着行动的过程。视频既昏暗又粗糙，是由ISR（情报、监控、勘察）飞机采集并经过卫星传输的。那些戏剧化的场景没有伴音，除了策划这场突袭的海军中将威廉姆·麦克雷文不时发出的指令——他正在军情室接受一位参与突袭的海豹队员的实时语音汇报。

奥巴马和其他人怀着惊异和担忧交织的心情被吸引在大屏幕前。他们看到墙壁倒塌，地面腾起烟尘，然后突击队员们冲进了建筑　　什么都看不见了。

令人煎熬的20分钟过后。

终于:“杰罗尼莫。”

正如卡伊罗所知道的，这是他们的袭击目标的代号。海豹队员发现了本·拉丹。

更加鸦雀无声。终于，麦克雷文清了清嗓子：

“杰罗尼莫：EKIA。”

几分钟后，白宫的观众看到海豹队员们从毁坏的房屋里冲了出来，跑向一架支奴干直升机。在他们爬绳梯的同时，两个海豹队员为了销毁飞机上高度机密的技术，炸掉了第二架已经损毁的黑鹰直升机。

随着爆炸声在建筑物毁坏的墙壁间回响，卡伊罗也撤退了。

在他们到达那座建筑 40 分钟后，所有海豹队员——包括人类成员和军犬——全部归队，登上直升机向阿富汗边境方向安全返回，飞机上只多了一位额外的乘客：

奥萨马·本·拉丹的尸体。

任务完成了。

EKIA

Enemy Killed in Action 的缩写，即为敌人阵亡的意思。

前言

披着皮毛的战士——战争中的狗狗

我站在铁丝网后面，看着那只精瘦的浅棕色狗几步越过封闭的大院子。突然之间，它腾身跃起，扑向远处一个穿着厚厚的扑咬衣，几乎像米其林轮胎一样的男人。

那只狗落在男人身后，他们砰的一声倒在地上。我听见咆哮声和那只狗试图把那个人的肩膀撕成碎片时织物被拉紧发出的声音，即使我在场地的另一边也听得清清楚楚。这一幕让我想到国家地理的一个特别节目，一只豺把鼻子埋进刚死去的猎物的内脏用力撕扯，完全有同样的声音效果。

那个人摇摇晃晃地站了起来。那只狗改变策略，用全部四颗犬齿深深咬进他的胳膊，起劲地撕扯和咆哮着。

那是芭蕾舞开场的时刻。那个人在绝对的攻击力量下挣扎着，他踮起脚尖，旋转身体，勇敢地躲闪着强有力的撕咬。在某个时刻，在旋转的过程里，那个人举起手臂，那只狗四肢离地旋转了一个至少 360 度的圈。尽管离得远，我还是能看到那只狗为了抵消离开地面的离心力而咬紧了下颌。

这完全类似于一段煞费苦心的复杂的舞蹈，在某种意义上，它的确是的。

重力占了上风，那只狗重新落了地，然而它仍然紧咬不放，脚爪蹬在松软的地面上。那个人继续拉、扭、甩，尝试着用各种办法脱身，但那只狗死死地咬着他的胳膊，毫不放松。在这场怪异的舞蹈里，一对舞伴渐渐从场地上退了回来。

然后，随着训导员一声令下，那只狗立刻放开了目标的胳膊。他们互相对视了一眼。

充当目标的人在微笑。

我周围的每个人也在微笑。

事实上，连那只狗也似乎在咧着嘴笑。这无疑泄露了秘密：它猛烈摇动的尾巴，大睁着的双眼和直立的耳朵，无不表现出一只刚刚和人类朋友玩了一场充满活力和有趣的游戏之后的狗的快乐迹象。至于刚才那些连续不断的吠叫和咆哮，只是为了使这场表演变得更加引人入胜而已。此外，一番款待即将到来。因为无论军犬是在追踪一个人、一颗炸弹或一包毒品，它知道在它成功完成任务后，肯定能得到奖励：食物，或者是它最喜欢的球或咀嚼玩具。

为了使这些狗适应真实的战斗、烟雾和混乱环境，需要紧张而艰难的训练，这种训练无论对狗还是对它们的人类同伴而言永远不会完全结束。大部分训导员和助训员为了保持他们的合作技能，每天至少要和军犬一起训练一到两个小时。当军犬小组接受部署，并在阿富汗、德国或旧金山开展任务时，小组的双方已经学会在真实或欺骗性的威胁面前通力合作，就像一台润滑良好的机器。

“谁是下一个？”训导员问。他指的可能是下一个充当目标的人或下一只狗。后者在观看的时候已经迫不及待，挣着牵绳，怀着无法掩饰的羡慕看着它的兄弟在场上撒欢。

这是第628保安中队在查尔斯顿联合基地训练时的一幕，我在那时突然明白：大部分军犬在本质上是披着皮毛的战士。当我为写这本书开展研究的时候，我很快认识到它们并非邻家的宠物，乐于向任何过路人撒娇，换取礼物或爱抚。

所以，我在接触军犬之前，就懂得要保持距离，不去试图抚摸并夸它们“好狗儿”，那是绝对禁止的。看了它们执行任务后，我对它们的角色有了更深刻的了解。它们是犀利而凶狠的攻击机器，只和一个人——它们的训导员关系亲密，而把其他的两足动物当做敌人，或者至少当做假想的敌人看待。

基地当前的训导员兼参谋军士克利福德·哈特利以挑剔的眼光看着这一幕。他曾经参与过两次部署，一次是被派往科威特，一次是被派往阿富汗，2011年3月返回，两次都是和西尔——一只笨重的，大体是黑色的德国牧羊犬一起服役。哈特利和基地里其他训导员把这只狗的个性描述成范·迪塞尔和少许塔斯马尼亚袋獾的混合。哈特利和西尔至今已经共同工作了四年，比一个军犬小组配对的平均时间长了两年。

“西尔是个坏家伙，”哈特利说，“它和它的第一位训导员相处了四年，他们痛恨彼此，但朝夕相处。在我得到西尔的时候，它脾气很坏，每次我测试它的时候，它都想咬我。我们现在已经是很好的搭档，但还是免不了有吹胡子瞪眼的时候。”

西尔现在10岁了，已不再适合服役，正等着军方批准它成为可被领养的宠物。如果申请获得批准，哈特利将是收养它的候选名单上的第一位。

每当一只狗或一只猫大张旗鼓地成为新闻的主角时，每个人都希望更多地了解关于这些动物的消息了，无论是帕丽斯·希尔顿的脆弱的吉娃娃小叮当，还是五角大楼的卡伊罗。

就军犬来说，由于卡伊罗的故事见诸报章，人们就更希望了解这些和它们的人类伙伴冒险进入战区的勇敢的狗狗了。

一些人甚至希望收养一只属于自己的军犬。

“我们每天都会接到六七个希望收养退役军犬的人打来的电话。”哈特利说。他接着又补充说，平均每两年，驻扎在查尔斯顿的军犬就有八分之一被人收养。绝大多数领养这些军犬的是它们的最后一任训导员。

全国各地都有人向有军犬服役的军事基地打这样的电话，但大部分人联系的是德克萨斯州圣安东尼奥市的拉克兰空军基地——当前在军队服役的大多数军犬训导员和助训员都在那里学习如何从事他们的工作。

范·迪塞尔

Vin Diesel，1967年7月18日出生于美国纽约，好莱坞知名影星和制片人，以强硬的行事作风和特立独行的性格著称。

那么这些工作究竟是什么？这些狗狗怎样学习如何嗅出炸弹和坏人？它们全都要接受训练并从事卡伊罗所做的工作吗？

《为战而生》将回答这些问题，而且不限于此。我写作此书旨在赞美美国和全世界军犬的成绩和贡献。你将发现，曾经和海豹部队精英小组一起参与突袭并捕获本·拉丹的英勇的卡伊罗，只是成千上万只受过高度训练，正在全世界范围内保卫着我们的武装部队的军犬中的一个范例。

你也会了解到军队是如何获得那些进入训练程序的狗崽和成犬的；士兵和飞行员又是如何成为训导员的，这个过程会更长一些，而且比表面上看到的要困难得多；以及当前军犬在军队执行的各种各样的工作。

你将阅读到配发给军犬的不同种类的"制服"和装备，以及如何训练它们使用这些装备。你还会了解到从二战以来就为它们提供治疗的美军兽医。（当时军犬首次在美军部队中大量服役，不仅在前线简陋的临时条件下，也在最新和最伟大的高技术设施里。）

其中有有趣的故事，包括一名在越南的训导员，在自己得到的食物不足时，用他的军犬搭档收到的充足食物活了下来。还有大量令人心酸或暖人心扉的故事。你将了解到军犬训导员和军犬之间的亲密关系，在大量的案例里，这种关系是那样紧密，训导员称他们对他们的军犬搭档比对任何人类都要亲近。事实上，不止一个训导员拒绝了升迁的机会，因为那意味着不能再和他的犬类搭档一起工作。

这本书里还有一些特别的军犬和军犬训导员的故事，他们超越了使命，真的，他们甚至有时候献出了他们宝贵的生命。

你将一睹这些非常特别的狗狗所过的生活，从幼犬时期直到退役。你将认识到卡伊罗的成功绝非侥幸。

参谋军士帕斯夸尔·古铁雷斯在例行训练后带着埃迪进行放松跑。

美国空军图片 / 摄影：参谋军士阿德里安·加迪斯

第一章

战争中的狗狗

由于这个故事首先披露了一只军犬在海豹部队突袭并击毙本·拉丹的行动中的经历，那么围绕着军犬和它们的生活可能存在着许多推测和错误信息。

毕竟，军犬在军队里是非常独特的，因为它们是军备供应链上唯一的活物，但同时它们也被当做士兵看待。

“它们和其他每个人一样在部队里有职位。”来自弗吉尼亚州李堡基地第217军事警察支队的陆军上士兼训导员和犬舍饲养员罗伯特·摩尔说。

认为不应当让狗做士兵该做的艰苦繁重工作（更别说冒着狙击手的火力参加战斗），往往是批评家和社会活动家。但是军队的人则坚持认为，军犬比起大多数家犬接受的照料更好，也更有满足感。

此外，每只狗都需要一个目标。

“这些狗比任何人家养的狗待遇都好。”拉克兰基地（大部分军犬在这里接受训练）第37训练联队的公共事务官格里·普罗克特介绍，“事实上，粗暴对待或虐待军犬在军队里是犯罪。”

这就是军犬不仅会像在编士兵一样得到军衔，而且往往比训导员的军衔还要高一级的主要原因。毕竟，如果人类士兵以某种形式在精神上或身体上侮辱上级，是要上军事法庭的。“就像殴打上级一样，这是不允许的。”在靠近犹他州奥格登的希尔空军基地第75保安中队服役的技术军士兼军犬训导员詹森·哈尼斯科说。

另外，军犬和训导员在乘坐商务航班时，往往能享受到升舱的待遇。航空公司这样做不仅仅是为了回报他们以独特的方式为国家服务，同时也在很大程度上认为，仅仅他们的存在就有助于促进航班的安全。克利福德·哈特利欣赏这种特别的服务。

“有很多次，如果航班没有客满，空服人员就会为我们清出一排座位，这样军犬就能伸展开身体。”他还补充说，“如果头等舱有空位的话，我和西尔会更加感激不尽。空服人员都对我们极好，给我们食物和饮料。其他乘客看到我的军犬时，也总是想和我聊上几句。”

为什么要给予这些狗狗这么好的关怀和照顾呢？它们拥有哪些普通人类士兵不具备的特殊技能呢？

简单地说，是因为它们的嗅觉和听觉，尤其是忠诚。这些因素结合起来，使它们在执行任务、保护它们的训导员和身边的军队的时候，表现出了极为出众的能力。

“他们说一只狗顶十个士兵，不是说军犬的能力，而是说它们敏锐的感知能力。”空军参谋军士泽布·米勒说。他担任军犬尼罗的训导员，2007年曾在伊拉克服役期间担负寻找爆炸物的工作，“我们的任务是让士兵更快地开展任务。”

谈到嗅觉，犬类无疑是具有绝对优势的。人类的鼻子里大约有4000万个嗅觉受体，犬类能达到20亿个，那意味着根据品种的不同，它们的嗅觉比人类要好上100倍。

“它们的嗅觉是那样敏锐，比如说，面对着一只汉堡，我们也许只能闻出奶酪或面包，但它们能闻出奶酪、酸黄瓜、西红柿和生菜。”空军参谋军士帕特里克·D·斯皮维——一位和比利时马林诺斯犬博德罗做搭档的训导员说，“它们好像是以立体的形式闻出所有这些东西的。”

“狗的嗅觉和人类的视觉类似，”格里·普罗克特补充道，“我们能感受到大范围的单色光谱，并能分辨出色调、阴影和饱和度的微妙差异，它们对气味也能做到同样的事。它们能够记住我们得到的来自本·拉丹的物品，然后根据气味进行追踪。”

它们也能隔着一段距离做到这一点，在不受干扰的情况下，狗的嗅觉感知范围可以达到250码；在有大量相斥的气味干扰的情况下，可以达到50码。事实上，在阿拉巴马州奥本大学一个专门研究军犬的机构所做的一项研究表明，犬类能嗅出相当于奥运会标准泳池里的一滴血，换算成浓度不超过500ppt。

说到听觉，它们也毫不逊色。和我们比起来，它们的听觉范围更广，更有选择性。一只狗能听到35千赫的声音，而我们只能勉强听到20千赫。这意味着，即使身边有一架喷气式战斗机正在起飞，听到附近的脚步声对它们来说也轻而易举。另外，它们对高分贝的噪音更敏感，还有关闭内耳的能力，这能帮助它们隔开背景声音，把注意力集中在需要关注的声音上。

正是这种完美感知能力的结合，使狗狗——无论是军犬还是其他——能够那样出色地适应这个世界。在我们看来，似乎有千里眼和第六感在帮助它们做那些工作。

“狗的嗅觉、视觉和听觉比我们更协调，这是肯定的。”斯皮维说，“比如你正在外面巡逻，在你看来那是一条平常的路，但你的狗会很快警告你，嗨，那里有点不对劲。”

更不用说军犬在辅助保护战士时的凶猛了。“一只狂吠的狗的威慑力是惊人的，”中士约翰尼·B·米切尔说，“人们在这种情况下总是会闭上嘴乖乖听话。”

安全部队第379小队的参谋军士乔纳森·比尔巴赫，和一只名叫德尼的三岁大的德国牧羊犬一起工作时这样说道：“军犬的存在不仅能带来心理上的威慑，也能让人感到前所未有的安心，无论是在巡逻和侦察任务，还是给所在的部队提供保护。”

“对一些人来说，只要让他走进一个有一只狗的房间就足够了。”退休的空军高级军士长肯·立克里德说。他现在拥有以印第安纳州为基地的沃恩立克犬场，为警务机构和军队提供犬只。“无论是一只吉娃娃，还是一只德国牧羊犬，他们都会同样害怕。

ppt
浓度单位，亿万分之一的意思，1ppt 相当于 10^{-12}。

狗一上场，嫌疑犯明显会处于紧张状态，所以狗自然会盯上他并作出要攻击的样子。但事实上它们只是感兴趣，而且它们嗅到了恐惧。”

“从某种意义上说，我们使士兵们不用拿自己的生命冒险，我们不用他们去搜查简易爆炸装置，而是让狗狗来做。”陆军上士兼驯狗员查尔斯·谢普克说，“我们的狗狗做起事来比人要麻利得多，而且它们的嗅觉、视觉和听觉远比人类敏锐。我总是用生命信任我的狗。和我一起工作的人用生命信任狗的鼻子。无论在国内还是海外，只要身边有一只狗，大部分人会感觉安全很多。”

“没有狗的话，我们就只能用棍子探路，等着挨炸。”准下士威廉姆·克劳斯说。但那并不意味着人犬结合的小组不会遭遇危险状况。克劳斯下士在到达阿富汗仅 6 周后，他和他的军犬凯恩在一次执勤时一起死于路边炸弹，他的遗言是：“把凯恩送上黑鹰！”

“这些狗是我们的伙伴，”在第 25 步兵师 25 宪兵连担任犬舍主管的海军中士米歇尔·托马斯说，“我们和它们一起出任务，一起睡觉，一起生活。它们是我们最好的朋友。每个军犬训导员都认同，为了保护他们的狗，没有什么是他们不愿意做的。”

但是，军犬和部队一起行军的重要性其实很简单：它们的存在能拯救生命。“人们往往想象不到军犬救过多少人的命，”海军西班牙罗塔基地保安部犬舍管理人、一级军士长瑞奇·雷特泽尔说，“军犬定位装载有爆炸物的车辆，或搜出设计用来杀伤美军士兵的简易爆炸装置，或者查出用于叛乱和恐怖活动的轻武器和军火库存，这样的例子有很多。”

山姆大叔需要你

今天，大约有3000只军犬受雇于五角大楼并在世界各地的军事部门服役。其中大约600只在阿富汗和伊拉克，这个数字预计在未来一两年还会增加。

军方现在面临的问题是没有足够的军犬。尽管拉克兰基地正在实行繁育计划，从私人繁殖者处购买小狗，并和为军队提供受过训练的现成犬只的私人公司签订合同，但可用的军犬还是远远不能满足需要。拉克兰基地的训练和繁育设施满负荷运转，但仍不能满足五角大楼保障军队作业的理想状态所需的军犬数量。

这并不是一个新问题。十几年前，这个问题就同样尖锐，只是原因有点不一样。

“因为在西亚、南亚和巴尔干地区的频繁行动，导致基地出现了军犬短缺。”曾在1999年担任拉克兰基地军犬计划总管的鲍勃·达姆沃斯说。即使在当时，他的部门就设法培养出了大约1200只犬类士兵，它们的服务对象不仅包括军队，也包括特务机关、中情局以及其他政府机构，就像今天一样。

有时候，军犬会被出借到特殊场合，比如保护重要人物，或者只是在需要额外帮助时填补空缺。“一年下来，平均每天我们会派 8 只左右的军犬执行特殊保护任务，但也有过一天最多借出 108 只军犬执行任务的时候。”达姆沃斯补充说。

比如，在 2004 年的共和党代表大会期间，一些来自亚利桑那州图森市戴维斯－蒙山空军基地的警犬参加了安保工作。国防部也常常借一些军犬小组用于边防和海关，这也有助于提高军犬和训导员的技能。但是，这是有附加条件的：首先，无论军犬去哪里，训导员都要陪同去哪里。另外，它们的职责仅限于检测爆炸物或毒品等，并不执行搜查任务或接受攻击指令。

今天，军队的所有部门都强烈要求得到更多的军犬小组。海军陆战队单在阿富汗就希望部署 600 只嗅弹犬，比他们五年前的用量增加了一倍还多。

“我们正在极力引进更多的军犬。”理查德·P·米尔斯少将说，他的目标是为每一个外出巡逻的小队配备一支军犬小组。

海军陆战队司令詹姆斯·阿莫斯将军对此表示赞同。“塔利班很擅长在地下埋设多个简易爆炸装置，”他说，“军犬不是唯一的解决方案，但总体来说，军犬计划非常成功。”

其中一个例子就是，军犬颠覆了传统的战争概念。罗恩·艾洛——一位曾经和一只名叫风暴的德国牧羊犬在越南服役的海军陆战队队员，是这样表达的:“作为海军陆战队，我们接受的是杀敌保国的训练。那就是我们的工作。但作为军犬训导员，我们的任务恰恰相反。我的工作是拯救生命。和军犬一起，我们拯救美国人的生命。”

同时，军犬的生命和它们的训导员的生命是被同等看待的。正如不能想象抛弃一个受伤或死亡的海军陆战队队员一样，军队也会把受伤或死亡的军犬带出丛林。在越南的情况也一样，尽管要在摄氏 37 度以上的高温、汗水湿透靴子的潮湿环境里经过多天的跋涉。

军犬面临的挑战和前线的每位战士没有任何区别: 它们会中枪，会面临意外的事故，会生病或受伤，同样要应对严酷的气候。在中东，军犬要面对气温高达 49 摄氏度的恶劣气候。因为刮风扬沙，高低不平的地形又对它们的眼睛造成伤害，它们的脚爪还要忍受在石头和滚烫的沙子上行走的考验。然而这些军犬从未后退，它们的忠诚在战争中从未受到质疑。

一个原因是: 尽管有这些挑战，寻找坏人或者炸弹对它们来说完全是游戏。

空军参谋军士乔尔·汤森的搭档是上士 A- 塔克——一只两岁的比利时马林诺斯犬。汤森很快指出: A- 塔克和其他受过良好训练的军犬一样，不会突然凶相毕露，因为它懂得善和恶的区别。“工作是这些狗的乐趣，”他说，“这是它们的任务，如果它们发现坏人或炸弹，就会得到奖励。我知道它们绝对不会犹豫。每次外出巡逻的时候，我可以把我的生命托付给它，到目前为止，我们一直做得很好。”

理想的招募

军犬不是最近才有的事物，对军犬的需求量一直很大。根据 1922 年版的《大英百科全书》，英国军队对军犬的要求如下：

在判定特定犬只是否适合作战训练的时候，它的身体状况是应当首先考虑的。当然，要兼具力量和敏捷，智力事实上也是不可缺少的条件。胸要宽，四肢有力，爪子结实。毛色也必须考虑。白狗和身上有规则色块的狗显然不适合战争用途，因为它们将构成过于明显的目标。

此外，性别也很重要。发情的雌犬会在兴奋的混乱中撂挑子。因此，尽管实验证明雌犬更善于学习，也更可靠，但不适合在战争中使用。然而在另一方面，阉割过的狗缺乏勇气和性格，也不适合在野外使用。至于年龄，一般认为挑选出来用以战争培训的狗应当在一岁至四岁之间。

现在的情况没多大变化，除了雌犬切除卵巢后也能服役以外，雄性军犬没有任何改变。

海军最近发布了一项要求，对他们正在寻找的犬类进行了描述，请求专业的民间育犬者和驯犬师联系他们并提供候选的犬只。以下是其中的一些规范：

- 体重不超过 70 磅的雄性德国牧羊犬、比利时马林诺斯犬和荷兰牧羊犬。
- 候选犬只的年龄必须在 18 至 36 个月之间。
- 可以接受预先经过爆炸物侦测和巡逻培训的犬只。
- 供犬方必须允许买方在购买之前进行广泛的测试，包括佩戴犬用口罩、撕咬测试、暗区测试、步伐测试、光滑的地板、枪炮声、交通工具等。
- 所有犬只必须警觉、主动、外向、好奇和自信。它们必须表现出基本的社会性，并能够容忍人类。
- 犬只必须有良好的健康状况，没有急性或慢性疾病或其他健康问题。
- 所有犬只必须在行走或奔跑时表现出正常的机动性。
- 皮毛必须具有健康的外观，不能有慢性皮炎、过敏、感染、

磅
英美制重量单位，1 磅 = 0.45359237 千克。

受伤或外部寄生虫感染的迹象。

- 犬只必须有正常的牙齿，不能突出上颌或下颌。四颗犬齿必须完全，不能有缺口、釉质增生或不正常的过分磨损。
- 心音、心率和心律必须正常（无杂音，无心律不齐等）。心血管和呼吸系统在休息和运动时必须正常。

然后又列出了他们不希望要的犬类的清单：

- 不能和人类或其他犬只一起工作的过分好斗的狗。
- 不能适应佩戴犬用口罩的狗。
- 难以装入犬箱或放出犬箱的狗。
- 在非常炎热的气候或训练中表现得过分气喘的狗。
- 在人类身边会显得恐惧、紧张或害羞的狗。
- 对一些环境如具有不同类型地板表面、楼梯或封闭区域的建筑等表现出敏感或恐惧的狗。
- 驱动力较低或没有完成任务热情的狗。
- 臀部或肘部有发育不良的迹象。
- 任何神经系统的缺陷，包括视觉、听觉和嗅觉等基本知觉的缺陷均视为不合格。包括但不限于角膜混浊、眼睑畸形、白内障、视网膜退化、慢性中耳炎、急性／慢性鼻炎和脊椎疾病。

- 所有犬只不得患有犬心丝虫病。
- 所有提供的犬只必须在之前 12 个月接种过包括狂犬病、犬热病、犬腺病毒（2 型）、冠状病毒、副流行性感冒、细小病毒和细螺旋体病毒疫苗。

诸如此类。另外还包括担保犬只 2 年身体健康和 6 个月可工作性的一份协议，否则只要购入犬只不符合哪怕一个限制条件，买方就有权要求退款或者更换。

这些先决条件还只是开始。我们甚至还没有触及军队如何检测潜在的新军犬成员。以下是另外一些来自同一份政府征集文件的要求：

- 犬只必须对抛掷玩具具有极端的寻找和取回冲动，必须对这样的玩具具有强烈的占有意识。
- 犬只必须对所有形式的动物干扰持中性态度并能够开展工作。
- 犬只必须在佩戴犬用口罩时能够开展广泛的工作，任务包括逃跑。面对静止的诱饵，在没有训导员帮助的前提下保持至少 1 分钟侵略性。
- 犬只必须能够在包括卡车、全地形交通工具、直升机和飞机等各种类型的交通工具里保持冷静。

犬只必须不怕枪声，包括手枪、猎枪、手榴弹和破门器的声音。

五角大楼是苛刻的主顾。但这些狗要确保它们自身和它们的部队远离危害，它们的任务很重要，所以势必要经过严格的筛选。毕竟，一只繁育或购买的军犬，经过培训到能够接受任务的时候，全部的投资预计可达 4 万到 5 万美元。

“在军队的防护武器库里，这些狗是为数不多不会随着年龄的增长而贬值的装备之一。”于 2003 年驻扎在科威特的兽医凯利·伊文思少校说。

的确，五角大楼在 2010 年秋天宣布，在历时 6 年投入 190 亿美元开发终极的炸弹探测技术之后，军犬仍然是最精确的嗅探器。五角大楼最先进的探测设备——无人机和航空探测器，只有 50% 的有效探测率，但使用军犬配合的话可以达到 80%。

“没有什么仪器能和军犬媲美。”第 48 空军保安中队的技术军士、犬舍主管 R·杜瓦尔如是说。

成为军犬训导员

军犬当然是至关重要的，但小组的另一半——人类，对于创造一个成功的军事工作小组也同样重要。

尤其在卡伊罗出现在突袭本·拉丹的新闻里之后，受这一消息的刺激，有更多的人为了成为一名和那些伟大的军犬一起工作的训导员，开始考虑到军队来工作。

这份工作并不像看起来那么容易。首先，你不可能入伍后就成为训导员。军犬通常是被指派给安全部门的，所以，你首先要在至少两到三年内证明自己作为军人的勇气。训导员还要照顾军犬生活中的方方面面，而不是仅仅在工作和训练时间。

“有人以为训导员的工作就是牵着狗绳命令它们攻击犯罪分子，”和一只名叫邓西的比利时马林诺斯犬搭档的第 376 远征保安中队的参谋军士本杰明·柯林斯说，“我们的工作无疑要复杂得多。做训导员就像为人父母。这些狗像孩子一样需要关心和照料。我们必须了解它们的方方面面，从体温到脾气。它们也像人一样既有开心的时候，也有心情不好的时候。我们需要熟悉这些信号。”

“西尔有两个极端，”克利福德·哈特利说起他的搭档，“它像人一样有情绪变化。前一会儿还很开心，紧接着它就发起脾气来，但除了我谁都不会发现。我知道到了让它自己待着的时候了，我就告诉它，回你的房间去，老兄，该回去了。”

另一个障碍是，即使被接受，成为训导员的训练过程也需要极大的耐心，有时候甚至需要几年时间。空军下士马克·布什和一只名叫查克的比利时马林诺斯犬搭档，但他刚参军的时候并不是军犬训导员。2004年3月，他被派往伊拉克，在那里他遇见了一位海军的军犬训导员，那只狗的神通广大和训导员与军犬之间的亲密关系令他着迷。他开始了解需要怎样才能成为一名训导员，后来在被派往另一个地点后，他询问犬舍主管，自己要怎样才能当上训导员。

“在当时，你必须得到犬舍主管的批准才能接受K-9公司的培训。”布什说，“做训导员需要主动性，并在日常工作之余投入大量时间，然后他向我确认，问我是否知道做训导员是一份辛苦的工作。”

在接受犬舍主管的祝福之前，在为期几周的时间里，布什都要在日常执勤时间以外自愿花费时间在犬舍工作。

“当时有三四个人和我一样想去K-9培训，”他说，“我们从擦地板和护墙板开始。训导员会把军犬移出犬舍，然后我必须把犬舍清理干净。那是一份固定不变的工作，而且非常辛苦。一星期过去了，我是唯一一个坚持下来的。就这样，我又坚持了几个星期，然后我就去K-9部门接受培训了。去学校，那真的让我非常激动。”

布什的经历算不上特殊。训导员绝对不是梦幻的工作，所

参谋军士肯尼斯·威廉姆斯和布鲁诺一起巡逻。

美国空军图片/摄影：空军下士多明尼克·西蒙斯

以犬舍主管希望未来的训导员在报名参加进一步训练之前，能够充分了解这项工作的每一个细节。技术军士利安·魏戈尔德，第437空军保安中队的一位军犬训导员，和布什一样，她在成为训导员之前用了一年多的空闲时间来清洁犬舍、喂养和照顾军犬。在被纳入培训计划之前，她对其他军犬训导员言听计从。

另一个必要的任务是担任诱饵，换句话说，就是自愿充当军犬的目标，让它努力把你撕成碎片。当然，诱饵需要身穿保护衣，也要配备保护他们免于被狗咬伤的外套，但第一次总会让人有些抵触。“一开始很吓人，”魏戈尔德说，“而且有些狗比其他的狗要凶得多。”

乔尔·汤森在最终被纳入训导员计划时，志愿做了三年诱饵并坚持清洁犬舍。在那之后，他才和A-塔克成为搭档。当然，因为这项工作要求训导员是一位动物爱好者，他们必定也是一个善于和人打交道的人，所以作为一项工作的话，内向的人是不适合的。“我一直是喜欢社交的人，这正是让狗工作需要的性格。”上等兵贾斯汀·金茨说，他和一只叫艾尔柯的比利时马林诺斯犬做搭档。

他还不得不采用一些在某些情况下令人尴尬的古怪做法，因为他发觉艾尔柯在他使用尖细的、女性化的声音时，注意力会更集中。但他并不介意，其他军犬训导员也一样。事实上，这似乎是对优秀军犬训导员的另一个要求，只是更加个人化。“这对我们来说不仅仅是工作，也是一种激情。”技术军士、马萨诸塞州贝德福德附近的汉斯科姆空军基地的犬舍主管伦恩·阿瑟诺说，“我们都是有点古怪的人。”

“我们属于一个奇怪的兄弟会，”哈特利说，“我们是与众不同的一伙人。我们有有趣的工作环境，我们知道怎么打发时间，不会天天板着面孔。”

诺斯罗普·格鲁曼公司的签约训导员约瑟夫·维拉罗伯士对此表示赞同，“在军队当军犬训导员是一份出色的工作，”他说，“我们的犬类家族充满协作精神，同事之爱也总是令人兴奋。”

保持激情很重要，因为训导员的工作实际上永远也做不完。“训练军犬不存在一劳永逸，也没有完全重复的时候。”空军参谋军士特拉维斯·黑泽尔顿说。他在随第 37 空军保安中队被派往伊拉克的时候，和一只 10 岁大的德国牧羊犬一起工作。

“其实军犬的训练永无止境，因为你总能找到更多的事情可做，或者进行微调。军犬就像军队里的新兵，必须从最基本的原则开始教会它们有关工作的一切，因为它们什么都不知道。接着还要对它们进行持续的训练，让它们专注于执行任务。”

“这就像做其他事情一样，”专业军士詹森·戴维说，“如果你不训练，就会遭遇失败。”和詹森一起工作的是班迪军士，一只英国施普林格犬，这只中等体形的猎犬腹部是白色的，背部和头部的大部分是棕色的，只有额头上有一条细细的白色条纹。

当哈特利和西尔一起工作的时候，他们平均每天训练一个半小时。“这是为了保证训练的连续性，每个月必须达到的要求。”他说，“如果停止训练一段时间，它们的状态就会下滑；如果长时间不工作，它们就会变懒，尽管它们记得怎么工作，但就是不愿意工作。但在度过一个周末后，它们都特别肯干，因为在犬舍里蹲了整整两天，它们感到无聊了。”

“保持军犬整洁和清洁犬舍的工作量很大。”第 554 宪兵连的专业军士达曼·托卡热说。他的搭档是一只叫塞多的德国牧羊犬，“我们每天清洁犬舍，从上到下擦得干干净净，每周还要做一次消毒。至少每两周给狗洗一次澡，每隔一天刷一次毛，还要喂食、饮水，给它们吃药。做军犬训导员完全是一件令人享受的工作，但需要在身体、心理和感情上的全心付出。”托卡热说。

做军犬训导员还有另一个麻烦——繁重的文书工作。

“不了解和军犬有关的文书工作的大有人在。”空军参谋军士格伦·戈登说。他和瑞奇——一只德国牧羊犬一起工作，“瑞奇在军队已经五年了。这只狗每一天的生活，我都要在它的记录里做更新。”毕竟，对一只服役的军犬来说，它的一切都要被记录下来，包括体重、训练状况、情绪和现场工作的状态，还包括

空军下士特里斯坦·希萨和拉克兰军犬繁育项目中的狗崽一起玩耍。

美国空军图片 / 摄影：罗宾·克雷斯维尔

它一天的活动路线。因为很可能未来的某一天，一只军犬所做的事情，比如攻击或者发现毒品，必须有详细的文件或可以在法庭上使用的证据。

“不是说我的狗发现了大麻，我今天的任务就完成了。”戈登接着说，“我还要维持它的训练。它就像小孩一样。如果不继续自己系鞋带，它就会忘掉怎么系。”

戈登的同事，和一只叫亚伦的德国牧羊犬搭档的空军参谋中士罗伯特·布莱克也对未来的军犬训导员有一些建议。“如果你想成为一名军犬训导员，去本地部队的犬舍和他们交谈，亲自体验一下，看看真实的情况是什么样子。”他说，“你不仅仅会坐在开着空调的车里和狗一起出任务，还会做许多很酷的事，但事实上有许多事情是你看不到的。你要了解那些事情，确认这就是你想要的。”

尽管工作量很大，大部分军犬训导员对他们从事的工作一点都不感到后悔。但布莱克还有另一个警告：军犬训导员不仅仅是一份工作，它还是一种亲密的个人关系。“你总会记得你的第一只狗。”他说。

卡利

当拉里·比纳在越南第37步兵军犬侦察排担任军士和训导员的时候，他很快意识到，永远不要在其他士兵需要他的侦察犬时认为他们需要的是自己。他们要的是卡利——一只在战时服役的为数不多的雌性军犬。

像大多数军犬训导员一样，他辗转服务于不同的连。当拉里和卡利救过他们一次以后——无论是制止他们走进一个几乎可以确定的伏击圈，还是提醒他们一根连着附近的一颗地雷的绊发线——一个连队就会反复请求他们的协助。只是他们要的是狗，而不是人。

拉里·比纳和卡利在战场上巡逻。

摄影：劳伦斯

“他们会说，‘嘿，卡利有空吗？’”拉里回忆道，“他们完全不记得训导员的名字，但他们知道狗的名字。”

他牵着狗迈开大步，因为他知道军犬能够在很大程度上鼓舞战友们的士气。“步兵总是很喜欢看到军犬训导员，因为每个人都爱狗，而狗能让他们想到家乡。”他说，“更重要的是，这些狗确实在工作，它们能帮助部队，能拯救生命，所以每个人都喜欢它们。”

这对通常令人痛苦和危险的工作来说是当之无愧的奖励。和其他巡逻犬和它们的训导员一样，军犬组的主要工作是做尖兵，领头走在其他部队前面，探测陷阱、地雷、狙击手和其他种种危险。

“如果地面埋有地雷，卡利会绕过它们，”拉里说，“绝对不要质疑，只要跟在它后面。如果它走这条路，我就走这条路。”

有一天，拉里的小队奉命控制丛林里的一片圆形区域，把其中的越共赶向另一个小队，后者负责伏击他们。虽然平时侦察小组总是走小路，同时由两个分别拿地图和指南针的战友确定方位。但那天很特别，小队要从丛林和灌木丛里穿过去。沿路植被不厚，不需要用砍刀开路，所以拉里仍能关注着前面几码处卡利的动静。

突然，卡利站住了，于是拉里用无线电告诉指挥官军犬示警。下一步行动是让几名士兵调查。但是，中尉向丛林里打量一番后，通知小队没有危险，继续前进——无疑在说那只狗撒了谎。

他们置拉里的正确判断于不顾，又向前走了两英尺，这时卡利再次发出了警告——比上次更强烈——而且在小路上死死站住了。拉里再次报告军犬示警，但中尉坚持继续前进。拉里冒着违抗命令的风险明确地告诉中尉，他不会让步，他需要看看前面是什么情况。接下来的一些情况更加印证了他的谨慎。附近的一支小队和

拉里·比纳和卡利服役过的越南第37步兵军犬侦查排

摄影：劳伦斯

他们共用同一个无线电频率，他们听到友队的无线电员说他们的侦察犬小组听到他们正前方有动静。

拉里不顾站在自己身旁的怒气冲冲的上级，要求他的无线电员请求友队侦察犬小组帮助提供方位。方位确定之后，证明拉里、卡利和他们身后的部队正是友队所听到的动静的源头，他们距离另一个小队只有100码。“如果我们再走远一点，就会闯进他们的伏击圈，”他说，“卡利救了我们的命。”

拉里在和卡利一起工作之后，他明白狗总是更了解情况。“如果你知道狗是对的，你就要接受命令。”

技术军士瑞贝卡·林德和她收养的退役军犬搭档巴克在埃格林空军基地的一场军犬追悼会上。

美国空军图片 / 摄影：小萨缪尔·金

第二章

历史上的军犬

在世界各地，狗在战场服务的历史非常悠久，并且在它们身上发生了许多可歌可泣的故事。事实上，人们相信早在公元前4000年，埃及人就在战争中使用过犬类。一些记录表明，埃及战士通过项圈夹带的方式利用狗来传递信息，同时另一些部落训练犬只巡逻和攻击敌人。来自古罗马的记录中还提到过装甲犬。在中世纪的时候，士兵们训练狗在背上携带火种，跑进敌人营地摇掉火种放火，然后再因为背上不可避免的烧灼迅速跑回来。

美国人首次使用军犬的记录是在19世纪30至40年代之间的塞米诺尔战争期间，军队使用侦探猎犬协助追踪印第安人和佛罗里达州及路易斯安那州的逃亡奴隶。

在美国内战时期，狗被用做信使、警卫和战场上的吉祥物，但无论是联邦一方还是邦联一方对此都没有官方规定。许多狗是士兵自己养的，他们决定把狗带上军营和战场。

也许最感人的故事来自夏伊洛之战，内战中最血腥的战役就发生在那里。在1862年4月的战斗中，伤亡人员高达两万名，其中包括第3伊利诺斯步兵团的一位名叫路易斯·费夫的中尉。差不多两星期后，他的妻子来到田纳西州的战场上寻找丈夫的尸体。她花了整整一天时间，在浅浅的墓穴间搜寻埋葬费夫的标记。最后，她发现远处有东西活动，接着开始朝她的方向跑过来。那是她丈夫的狗。在短暂的重聚后，狗挣开身子，摆头示意她跟随它。她照做了。

走了一段路之后，他们来到那片血腥战场远处的一个地方，那只狗直接把她领到了她丈夫的墓地前。她后来在和一些士兵的交谈中才得知，12 天前，那只狗从费夫死后就一直守在那里。

第一次世界大战

在参与第一次世界大战的所有国家里，美国是唯一没有派遣经过正式训练的军犬参战的国家。这其中一方面原因是美国参战较晚，美国宣布参战已经是在 1917年；另一方面也因为当时的军方高层不认为狗在战争中能起到多大的作用。

德国则相反，在整个战争过程中有超过 3000 只军犬在各个军事部门服役。事实上，在战争开始的时候，德国已经有了 6000 只完成训练随时可以参战的军犬。他们有这样数量庞大的军犬储备并不奇怪，因为早在 1884 年，德国就在靠近柏林的地方建立了专门训练军犬的机构。

“多年以来，德国已经认识到犬类在战场上的多种用途，并训练它们作为战地医院的助手，特别是作为哨兵和巡逻兵的助手。” 1915 年，一位名叫埃德温·H·理查森的英国人说，“除此之外，它们还有大量训练有素的警犬，在战争爆发后，这些警犬也被动员起来，陪着它们的主人去了战场、战区和交通线。”

大约和德国政府创办第一所军犬训练学校同期开始从事军犬培训的理查森，后被视为“现代军犬之父”。他的一些训练方法甚至源于他在德国游历时观察到的德国士兵训练军犬的方法。

作为农民的理查森，最初训练和繁殖犬只的时候完全是以军事使用为目的的。不久后，他放弃农业，全身心投入到驯犬工作中来。他游遍欧洲——不仅仅在德国，研究其他驯犬师的驯犬技术和方法，同时也在家里继续发展自己的训练体系。渐渐的，他开始小有名气。1905 年，俄国政府派人和理查森接触，要他为他们训练军用救护犬。在俄国期间，理查森专注于训练艾尔谷梗犬——因为它们的寻回技能，使它们在日俄战争中通过雪橇或拖车把受伤的士兵救离战场，送往医院。

艾尔谷梗犬是当时最流行的犬种之一，它们特别适用于在寒冷气候条件下工作。尽管这个犬种今天已不再被作为雪橇犬，但它们有良好的耐力、宽阔的胸脯和防水的坚硬皮毛。同时，它们黄白相间的毛色比其他犬种更不易引人注意。它们也足够强壮，可以拉着满载的雪橇在雪地上跋涉数英里。

理查森作为驯犬师的声誉和他的技术传播到了全世界，但他自己的政府却对他启动特种军犬计划的请求迟迟没有批复，即使在 1914 年欧洲爆发第一次世界大战以后。在认识到经过适当训练的犬只有助于在战场上拯救士兵的生命，并能协助它们的人类战友执行任务以后，理查森决定绕过官方，通过红十字会来提供他的协助。红十字会顺利接受了他的提议，并同意接收他提供的受过良好训练的救助犬。为了节约战场上的宝贵时间，救助犬接受的训练是以仍然活着的伤员为重点，留下阵亡士兵的尸体待以后收集。

犬类因为动作迅速和贴近地面，能够避开狙击手的火力和其他可能的打击，因此在特定的任务中比人类更有优势。

传讯犬也是战场上的重要一员，因为它们能够从其他部队或大本营运送补给、食物和信息给前线部队。一些传讯犬还携带信鸽，前线的士兵可以把信息通过这些鸟儿带回去。

但是，在第一次世界大战早期的时候，最著名的是各个国家的搜救犬。这些搜救犬由各国不同级别的红十字会训练出来，其唯一的使命是穿梭在各地的战场上，为伤员带去急需的药品、食物和水，或在征途中提供单纯的安慰。它们还会带走伤员的一片衣服或头盔去基地营通知医护人员，把他们领到伤员身边，然后再回到战场上，有时候会不知疲倦地奔波一整天。

这些搜救犬偶尔也会把受伤的士兵拖回战壕或拖离危险区域。它们也会和红十字会的工作人员及医疗人员一起巡逻，提醒他们处于视线之外的伤员的存在。

另一些没有在战争中受到这样多的赞赏和关注的狗是香烟

犬——一种传讯犬的变形，为那些把香烟看得比口粮和水还重要的士兵带来香烟——以及萨默犬，它们赢得这个绰号是因为它们的血统的确“这个有一点，那个有一点”。

许多参战的欧洲国家匆忙开始了正式的军犬训练计划，但没有理查森指导，早期的训练在现在看来几乎显得很滑稽。在某些情况下，训导员只给一个品种的犬只分配一种任务。爱尔兰猎狼犬的任务是追赶敌人骑自行车的信使，扑翻自行车，缠住送信人直到增援的人类士兵出现。灰猎狗接受的训练是发现前线有动静就发出叫声，这样做其实并不明智，因为这样做的同时也会提醒敌人军犬训导员的存在。

没过多久，理查森在军队作战的同乡也听说了他的名声和他的狗，他们开始写信给他要狗。理查森同意了，但这次同样没有得到英国政府的官方认可。直到 1917 年，英国政府才终于请求他协助开办英国军犬训练学校,并通过一项特别计划获取犬只,主要途径是动物庇护所和民用捐献者。

和后来的战争不同，第一次世界大战中的战斗部队常常数天甚至数周时间控制大范围的战场区域，其特色就是特别棘手的堑壕战，部队经常要在战壕里连续待上好几天。

在派出两万只军犬参与作战之后，战争结束了。英国削减了军犬计划，仅象征性地保留了一批受过训练的军犬和训导员。

到1939年另一场战争笼罩欧洲的时候，英国没有重新推动军犬计划，而是完全停止了。毕竟，在上一场战争结束20年后，战争技术已经取得了大幅度的进步，大型坦克和高性能机关枪司空见惯，飞机也投入了战争，他们相信这些高科技装备将使军犬的存在变得无足轻重。

像以前一样，埃德温·理查森又一次遭到了拒绝。于是他训练了一些用来辅助现代的坦克和枪支执行任务的犬只并造访军队，军方勉强作出让步，允许他的狗和军队一起服役。不过，这对理查森来说还不够，他继续向政府施压，直到他们在1942年重新启动创办英国军犬学校。

尽管涉及第一次世界大战的美国狗寥寥无几，但那些英雄犬的故事在美国人心里留下了深刻的印象，甚至改变了人们在日常生活中对狗的认知。纽约哈茨代尔建立于1896年的哈茨代尔宠物公墓，在1914-1918年第一次世界大战期间，在那里埋葬他们的宠物狗的人比战前20年还多。

他们甚至还得到启发，筹款在公墓竖起了一座军犬雕像，雕像建成于1923年。每当阵亡将士纪念日，雕像旁就会举行纪念在战争中牺牲的军犬的庄严仪式。

萨默犬

summer dog，是第一次世界大战中士兵对混种狗的叫法，“summer”是“some of”的谐音，表示狗的血统不纯。

第二次世界大战

1941 年 12 月 7 日珍珠港遇袭时，美国军队只有不足 100 只在册的军犬，它们大多是西伯利亚哈士奇犬和阿拉斯加雪橇犬，用来充当在机动化装备不能到达的地方营救受伤或阵亡士兵的背包犬或雪橇犬。

和以前一样，美国军方还是对把狗引入部队缺乏热情。这一情况在 1942 年早期发生了变化，一群平民效法理查森，决定亲自来做这件事。

整个国家在战争中团结起来，未能入伍的人想方设法为战争出力。纽约一位名叫阿琳·厄兰格的养犬人联合从美国养犬俱乐部到职业训导员协会的犬类专家，决定为军队驯养用于基地警戒和守卫海岸线防止间谍渗透的军犬。他们称自己为岗哨犬(Dog for Defense) 协会。

正如理查森在英国所经历的那样，等待政府和军方的批准要花很长时间，所以岗哨犬协会背后的组织认为如果他们做好基础工作，然后移交给军方，那些高官就会别无选择，只能认可。

事情的发展正是这样。岗哨犬的计划和部队军需部的决定不谋而合，也许他们只是需要一点鼓励。几个月后，他们开始了小规模的军犬训练。

开始军犬训练后，加上一些有关德国间谍试图通过海岸进入美国的报告的出现，海岸警卫队开始在美国周边任何可能的地方设置由军犬和训导员组成的哨兵团队。

很快，其他军方部门也认识到了军犬和训导员的价值，于是他们要求岗哨犬协会招募用于不同任务的数千只军犬。因为有在战争后归还受捐犬只的约定，爱国的美国人非常乐于捐出他们的爱犬。

当时的名人如葛莉亚·嘉逊、鲁迪·瓦利和默片电影明星玛丽·碧克馥都向岗哨犬协会捐出了他们的爱犬。当然，他们的行动对其他美国人也是很大的鼓舞。

在很短的时间内，军方对军犬的态度由冷转热，开始主动在所有部门部署军犬。他们从岗哨犬协会接管了驯犬职能，并把新组织命名为K-9部门，同时继续依靠协会在后续的战争中从全国招募军犬。

这些军犬执行放哨、巡逻和传讯任务。放线犬背上套着相当大的一卷电话线。它们一边放线，一边赶赴战场，这样前线的士兵就能和基地营或其他中心指挥部联络。放线犬的工作无须太久；一旦放好线，只要线路没有被炸或遭到破坏，它们就算完成了使命。

为了征募训导员，征兵人员总会询问每一个新兵是否在乡下或农场长大。如果回答是肯定的，那么下一个问题就是是否养过狗。如果得到肯定答复，这个新兵就会被直接送往军犬团。

到战争结束的时候，部队从岗哨犬协会接收了超过两万只狗，尽管只有大约50%的狗实际服役并在军队中充当了活跃的角色，另一半则因为紧张、身体状况不良或其他不适合服役的特性被退了回去。

在一万只完成训练的军犬里，有90%在战争期间留在了美国本土，担任军事基地或海岸区域的哨兵。与此同时，海外的士兵和官员开始请求用军犬协助他们执行侦察任务。第一只军犬于1944年3月乘船赶赴太平洋战场。它很快就证明了自己的价值，海外军犬的数量也随之有了很大的增长。同时也有一些军犬小组去了欧洲，军方很快发现军犬和训导员小组在太平洋战场上有用得多，因为那里的传统作战方式更有利于军犬发挥作用。

在《军犬和国防》(*Dogs and National Defense*)——一本关于二战期间和二战后军犬训练历史的书里，安娜·M·沃勒描写了军犬在太平洋战场上的贡献。

> 茂密的热带植被和即使在中午也一片昏暗的丛林，给日本人渗透到美国前线后方进行侦察提供了绝好的机会。这种敌对行动普通巡逻兵很难发现。在军犬加入巡逻队之后，它们能够发现士兵不易察觉的敌人的行踪并

给出无声的警告。它们在山地、河床或多林木的地形中都有着自身独特的优势。

军犬在巡逻队的存在极大地减少了士兵遭受伏击的危险，同时也鼓舞了士兵的斗志。使用过军犬的人员表示它们拯救过许多生命，而且在鼓舞士气方面具有更大的价值。有人指出，有军犬在巡逻队，就会给因为担心遭遇伏击而紧张的士兵带来安全感，这也使巡逻工作变得更有效率并覆盖更远的距离。

“我无法想象不带狗进丛林的情景，”伊凡·汉密尔顿中士，一位在海军第三军犬排服役并参加过 1944 年第二次关岛战争的老兵说，“它们就像我的枪一样必不可少。”

“日本人发现狗后可以逃走，但躲无可躲。”第三军犬排指挥官、上尉威廉姆·W·帕特尼说。他本人是兽医，还是《永怀赤诚：二战海军军犬回忆录》（*Always Faithful: A Memoir of the Marine Dogs of World War II*）一书的作者。“于是他们转而向军犬射击，导致我们损失了大量的军犬。”

军犬在训导员睡觉时担负着保护工作。通常一个作战单位分配一个军犬和训导员小组，所以一旦转移阵地，其他海军陆战队队员会争夺在训导员身旁挖散兵坑的机会，因为他们知道军犬也会整夜守护他们。

根据军队作战部门的不同，军犬也受训执行不同的任务。比如海岸警卫队仅使用哨兵犬，这些哨兵犬战争期间驻扎在3174个哨位上，保卫着海岸线的安全。1942年8月，新泽西州的双桅船公园开始使用海岸巡逻犬。不到一年的时间，巡逻犬的使用就覆盖了东海岸和西海岸。人犬结合的巡逻小组通常在夜间巡逻，每个小组负责一英里海滩。

海军利用军犬执行八种不同的任务：放哨、攻击、战术、静默侦察、信使、救护、在多雪环境执行运输任务的雪橇犬、在战场上为部队补充给养的背包犬。

海军陆战队需要军犬侦察，充当信使传递信息或为战斗单位补充给养，发现爆炸物或诡雷。他们最早使用的是杜宾犬，但很快就认识到纯种狗对战场上的噪音或混乱过于敏感。在周围的一切陷入混乱的时候，德国牧羊犬在保持镇定方面表现得更好。

尽管军犬所受的训练使它们只听训导员的指挥，但并非所有的军犬都喜欢它们的训导员。这种情况并不会减弱他们之间的感情或改变训导员对他的犬类战友的态度。

在南太平洋和海军陆战队一起服役的上等兵马文·科尔夫和军犬洛奇搭档，但后者对他不太热情。“我可以逗它和抚弄它，但它不是特别喜欢别人摸它。”科尔夫说，“在战斗中，洛奇会原形毕露。当信号弹照亮天空的时候，它的眼睛会变绿，目光呆滞。它扑向我，在我腾出手给它戴上口罩前总会咬我几口。但在几分钟后，它就会平静下来。执行过那么多次巡逻任务，它患了战争神经症。它会眼睛变绿，逮人就咬，那通常是离它最近的我。我被它咬得最厉害的一次是当时没有注意，结果脸朝天被放倒在前线的某个地方，肚皮上多了一道恼人的伤口。这些攻击都很短暂，然后它就会恢复正常，好像什么事都没发生过一样。”

咬训导员或其他士兵的行为足以毁掉一只军犬，但科尔夫没有声张，“我不能冒洛奇被他们带走的风险。”他说。1944 年 7 月 5 日，洛奇发出警告告诉他即将发生一起自杀式袭击，洛奇的警告挽救了很多海军陆战队战友的生命，科尔夫也因此被授予银星勋章。

第二次世界大战结束后，军方履行了最初对于民间捐献犬只主人的承诺，着手对那些曾经成功地和它们的人类士兵一起服役的军犬执行去训练化，使它们能够回归平民生活。在少数情况下，对不能去训练化的军犬只能实行安乐死。但在很大程度上这项计划是卓有成效的，超过 3000 只英雄犬和它们的主人再次重聚，安享天年。

朝鲜战争

第二次世界大战过后，军方保有和训练的军犬数量大量削减。堪萨斯州的赖利堡第 26 陆军侦察犬排，是唯一保留的现役军犬编制。

美国初次派兵朝鲜的时候，他们决定同时把整个军犬排也派去。他们在 1951 年 5 月至 1952 年 1 月间分阶段地抵达朝鲜，这些军犬是如此擅长侦察敌人和保护己方，很快引起了美国军方的关注，军方立刻开始着手在国内训练更多的军犬和训导员小组。

朝鲜战争记录了军方的两个开始：军犬和训导员夜间继续巡逻开始成为制度。军犬小组很快认识到如果他们进行有规律的训练，而不是仅在部署前训练的话，人和狗都能把工作做得更好。

"哨兵犬准备每四天巡逻一次，"参谋军士特蕾西·L·英格利希在《安静的美国人：军犬的历史》（*The Quiet Americans: A History of Military Working Dogs*）一书里写道，"人们发现，军犬在两次巡逻之间不进行训练的话，就会表现得'状态不佳'。"

大约 1500 只军犬在朝鲜战争中服役，其威慑力不言而喻。根据越战时的训导员、《军犬：忠诚和英雄主义的历史》（*War Dogs: A History of Loyalty and Heroism*）一书的作者迈克尔·G·列米什的说法，朝鲜人是那样害怕军犬，他们往往不再纠缠人类士兵，而是瞄准军犬，试图把它们先干掉。

“朝鲜人试图通过在晚上架设高音喇叭，播放简短的宣传口号来扰乱美国士兵的士气，”列米什写道，“至少有一次，高音喇叭里面叫的是，‘美国佬，带着你的狗回家吧！’”

越南战争

在越南战争期间，直到美国完全陷入战争之后，军方才启动军犬程序。第一批军犬小组抵达越南是在1966年左右。军犬的训练科目和人员招募与二战时一模一样，因为丛林战初期看起来是惊人相似的，敌人悄无声息地隐藏在那里，伏击毫无防备的己方部队。

事实证明，军犬在保护它们的训导员和士兵不受伤害方面是相当有成效的。第39侦察犬排的专业军士卡尔·多宾斯说：“没有我的军犬托罗，我就不可能活着回国。事实上，没有托罗，3个月我都过不下去。”

除了找出隐藏的武器库、地雷绊线、诡雷以外，军犬还能找到敌人储存的粮食。一份报告表明，大约有一百万磅玉米在战争中被没收。事实和想象可能非常不同。军队刚到越南的时候，因为当地令人无法忍受的炎热和潮湿环境，指挥官对派军犬上战场感到迟疑不决。但在1965年夏天派出40只军犬和它们的训导员进行初次试验之后，军方决定加快军犬计划的实施，因为它们表现得非常优秀。

就像在太平洋战场一样，美国士兵更喜欢德国牧羊犬，因为它们性情温和并具有高超的侦察能力。在东南亚极端炎热和潮湿的气候里，它们会蜕去下层绒毛并保持凉爽。

第一批赶赴越南的德国牧羊犬事实上是西德训练的。这批军犬花了很长时间才适应了美国人的越南同盟。

“这些狗被越南人吓得要死，”当时在越南的一位训导员、中尉威拉德·纳尔逊说，“它们从越南人旁边夺路而逃，跑向我们寻求保护。它们以前从来没有见过他们，一点都不熟悉他们。这些有着德国名字的军犬听越南人费劲地叫‘罗尔夫’‘雷克斯’和‘阿尔柯’，真是难忘的经历。不过，这些军犬后来对它们的越南训导员死心塌地，反而对白种人变得小心翼翼起来。”

开始的试探起了作用。因为在越南，狗主要被视为一种食物来源，而且很多越南盟友也害怕这些狗，因为这些纯种狗比越南本地狗体形要大。他们更喜欢德国牧羊犬，同时拒绝和黑色的拉布拉多犬一起工作，因为黑色被认为是坏运气，是死亡的颜色。

在越南，士兵的主要抱怨是他们从来看不到敌人。除了丛林的浓密和黑暗之外，还有隐藏的坑道和地下通道网，这使得敌人很容易悄无声息地躲起来，等着毫无戒心的对方作战单位经过。

军犬改变了这一切。在绊线、地雷、诡雷之外，它们还能察觉竹钉陷阱——大约一英尺深、两英尺见方，上面覆盖细树枝的浅坑，没有防备的士兵可能注意不到。但军犬能，这是一种非常宝贵的能力，因为树枝下面插着一排排锋利的竹钉。竹钉的尖头涂有人类排泄物，所以如果刺不死你，不可避免的感染也很要命。

这是肮脏战争的一个表现，但美国政府也难辞其咎。为了使敌人无法躲藏在丛林中的植物落叶中，美国军方于战争期间在整个越南撒播了大约两千万加仑橙剂和其他除草剂。这样做不仅仅是为了把他们从丛林里驱赶出来，同时也可以削减他们的食物来源。

后来的研究发现，橙剂具有高度致癌性，不仅人类——美军士兵和越南人会因此罹患癌症等疾病并导致生育缺陷，军犬也会遭殃。没过多长时间，兽医部门便开始注意到在越南的军犬出现了高于平均水平的睾丸病变和肿瘤。回国越战老兵的患病率也比普通人高得多。事实上，美国国家癌症研究所的一项研究表明，在那一时期，越战军犬的睾丸癌发病率比民间犬只高一倍。

也许越战时期军犬的最令人伤心的时期出现在战争结束的时候。当形势变得很明显，美国将要终止战争，把部队撤走的时候，那些军犬的训导员们迎来了当头一棒。对大多数人来说，他们极其喜爱他们的犬类伙伴，但他们没有意识到军方只是把军犬视为一种设备，所以当人类部队返回合众国时，这些军犬将被抛

加仑

一种容（体）积单位，英文全称 gallon，简写 gal，分为美制加仑、英制加仑。根据中国国家标准 GB3102.1–1993，换算关系如下：
1 加仑（美）= 3.785412 升
1 加仑（英）= 4.546092 升

弃。把它们运回家要花费金钱，而且许多官员担心，考虑到这些军犬受到的战时训练，它们可能无法适应平民生活。

许多军犬训导员被这个消息给激怒了，一些人把这个消息披露给了美国国内的媒体。正如人们所预料的那样，美国人对这种抛弃军犬的做法感到无比愤怒。由于越战成为一场无法获胜的战争和国内活跃的数百万愤怒的反战人士，军方在公共关系上已经焦头烂额。所以他们转变了立场，公开宣布所有的健康军犬都将被运回美国。

但是，他们这样宣布的时候，完全知道大多数军犬已经感染了踏不上归国旅途的疾病。这是事实，考虑到当时东南亚的原始条件，军犬患病并不奇怪。以这种方式，军方才得以在下令抛弃绝大部分军犬的同时，在公众面前保全了脸面。

“就像有人把我的心挖了出来，”第 48 军犬侦察排的训导员查理·卡戈在描述抛弃他的军犬沃尔夫的心情时说，“那是我一生中做过的最艰难的事情。”

结果，沃尔夫是为数不多最终得以回国的幸运军犬之一。据估计，从 1965 到 1973 年间，在越南和它们的 10000 名军犬训导员服役的超过 4000 只军犬里，回国的只有大约 200 只。在越战期间，263 名军犬训导员和 500 只军犬在战斗中阵亡，阵亡军犬训导员数量不足战争投入的军犬训导员数量的 3%；7% 的军犬在战斗中受伤，这个数字还包括多次受伤和至少重返过一次战场的大量军犬。

角色的转变

从越南战争结束到20世纪90年代中期，美国军方继续训练军犬和训导员小组。不过，在越战和伊拉克自由行动期间，训练方式并没有像他们今天这样集中在作战任务上。

“主要在执法领域，”西部战区犬场管理人、参谋军士乔治·S·梅西说，“它们只是外出执行警事任务，搜索毒品、炸弹，执行正常巡逻。所以，在‘9·11’事件之后，我们不得不把我们的训练工作更多地转移到作战行动上。”

那也是军方广泛推动炸弹和爆炸物侦测犬训练的时期。仅在“9·11”事件后18个月，军方就有了350只进入实际工作的爆炸物侦测犬，这个数字和2000年相比增加了一倍。

曾经目睹这一变化的训导员和助训员认识到这一方案正在朝更好的方向转变。肯·立克里德称这个变化是实质性的。“这是一个巨大的转变，”他说，“从‘9·11’事件以来，军犬的命运和它们协助保护民众的能力被真正带向前台。爆炸物侦测犬已经成为我们今天拥有的最重要的工具之一。”

斯塔比

那只最后被称作斯塔比中士的杂种狗不仅是第一次世界大战期间第26步兵团最受宠爱的吉祥物，也是美国历史上第一只著名的军犬。但当它走进正在耶鲁大学进行的一次军训现场时，经历的却是一次不寻常的开端。

流浪狗和其他动物在当时的校园或郊区非常常见，但这只以它的“斯塔比式”尾巴命名的棕白相间的狗立刻赢得了列兵J·罗伯特·康罗伊的喜爱，并且很快也赢得了其他人的欢心。

那并不奇怪，因为斯塔比表现得像一名士兵：它和士兵一起列队行走，随着军号嚎叫，甚至还会把右爪举到脸上行军礼。在1917年部队乘船出发的时候，康罗伊把斯塔比带上了去往法兰西的“明尼苏达号”轮船上。当然这也要靠其他士兵的帮助，因为无论在陆地还是海洋，吉祥物都是不允许和部队同住的。在穿越大西洋的途中被抓现行后，这只会行军礼的狗打动了康罗伊的上级。

它被留了下来。

斯塔比陪着部队上了前线，它没有被战场上的枪炮声和混乱所吓倒。有一天，它在一场毒气袭击中中了毒。康罗伊赶紧把它送到军医那里，后者把它治疗康复后又送了回来。不久后，斯塔

第一只获得美国军方正式军衔的狗——斯塔比。

比又上了前线，整夜守卫着部队。有一天晚上，它突然闻到了一股毒气。它马上行动，在部队睡觉的壕沟里跑了起来——就这样，它

斯塔比

Stubby，在英语里有“短而粗硬”的意思。

为他们赢得了戴防毒面具和向队友示警的时间。

在边界的某个地方，斯塔比懂得了讲英语的士兵是自己人，而说德语的士兵是敌人。它有规律地在战场上巡逻——因为它身体贴近地面，所以在很多时候不会被人发现——寻找讲英语的受伤或失散的士兵。它用叫声唤来医护人员，或者把迷路的人拱向战壕的方向，好像在放牧羊群一样。

有一次，一个操德国口音英语的人摸到了战壕旁边。斯塔比冲向那个人，把他撞下战壕并撕咬他的双腿，直到几名士兵赶过来。结果那个人是一名德国间谍。

斯塔比总共参与了十七场战役，是第一只获得美国军方正式军衔的狗。战争结束后，它成了英雄，受到过三任美国总统——威尔逊、哈丁和柯立芝的接见，出席宴会并接受了不计其数的勋章，还参加过无数次阅兵。

斯塔比死于1926年，它的尸体被捐赠给了华盛顿动物园。它的讣告在《纽约时报》上占了整整三个专栏，还有大字标题“盟国远征军的斯塔比进了英烈祠：参加过巴黎大游行的无血统流浪狗”。

幸 运

幸运是一只生活在宾夕法尼亚的雄性德国牧羊犬，后来被选拔到海军陆战队。幸运的故事很不寻常，因为它是一个家庭为了满足第二次世界大战的需求应征入伍的第二名成员。

它的主人唐纳德·R·沃尔顿已经参加海军，即将出发。他的妻子和孩子计划在战争期间搬往华盛顿特区，但他们不能带狗一起去。正在这家人不知道该怎么安置幸运的时候，岗哨犬协会发布了他们需要犬只的消息。于是沃尔顿出发去了海军，当时 18 个月大的幸运则去了海军陆战队，在那里，它将在关岛战役中发挥重要的作用。

在南加利福尼亚的乐洁恩基地完成基本训练后，幸运获得上等兵军衔并被派往太平洋战场。和其他军犬不同，它是在 1945 年战争即将结束时到达的。它的唯一任务是在盟军占领关岛后，清除躲藏在复杂的洞穴和坑道网络里的日本士兵。它和它的训导员一起进军太平洋上的岛屿，赢得了海军陆战队队员的喜爱。

关岛的任务结束后，幸运和它的训导员去了日本，在那里转变成了战后占领军的一部分。沃尔顿夫妇在战争期间和战后一直和幸运的训导员保持通信，后者也没有掩饰他已经和幸运变得如此亲密，希望在回家后收养它的事实。“那位训导员睡觉的时候，总是把手放在幸运的喉咙下面。”沃尔顿说，“他们训练幸运不大声吠叫，但如果夜间发现不正常的情况，它的喉咙会在无声的呜呜声中振动，这将唤醒那位训导员，后者再唤醒其他海军陆战队战士。”通过这种方式，他们从未在日本人的自杀式攻击下惊慌失措。

“所有海军陆战队士兵都会在他们经常驻扎的地方挖掘掩体，但训导员和幸运从来没有挖过掩体，因为有其他战友代劳。他们都希望幸运待在他们身边。”沃尔顿说。

尽管沃尔顿理解那位训导员的感受，但他还是希望幸运能回家。在服务过占领军并通过停训程序后，幸运回到了在弗吉尼亚里

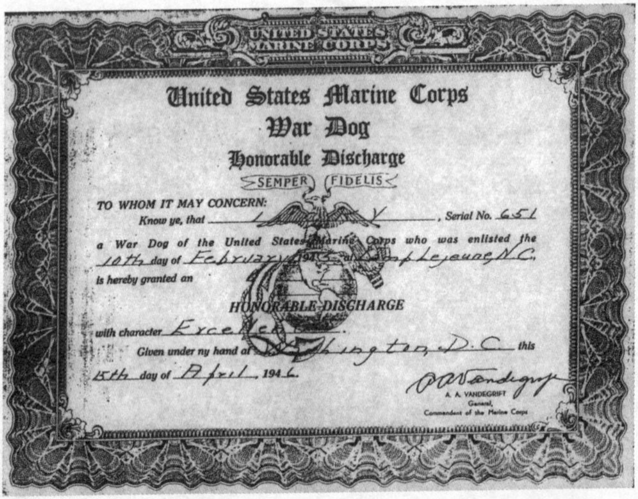

UNITED STATES MARINE CORPS

United States Marine Corps
War Dog
Honorable Discharge

SEMPER FIDELIS

TO WHOM IT MAY CONCERN:

Know ye, that ______, Serial No. 651

a War Dog of the United States Marine Corps who was enlisted the 10th day of February, 194_ at ______ Lejeune, N.C.

is hereby granted an

HONORABLE DISCHARGE

with character Excellent

Given under ny hand at ______ hington, D.C. this

15th day of April, 1946.

A. A. VANDEGRIFT
General,
Commandant of the Marine Corps

幸运的荣誉退役证书。

图片来源：美国国会图书馆，美国国家民俗中心，退伍军人史项目

士满市沃尔顿家的新居。幸运立刻认出了家里的每个人，在喜气洋洋的重逢后，一家人带着幸运认识它不熟悉的房屋。“它察看过家里是否存在威胁，然后走回来在我脚边躺了下来。”

突然之间，幸运把自己当成了这座房屋和这个家庭的守护者。有一天，孩子们在后院里玩玩具手枪。“幸运跑向我，把头放在我膝盖上，请求我告诉他们不要互相射击。”沃尔顿说。

幸运一直活到对犬类来说垂垂老矣的 14 岁，但一些事情从未改变过，尽管它爱它的家庭，但仍会在遇见身穿制服的军人时短暂地停下脚步。“无论什么时候看到穿军装的人，它都想去看看那是谁，”沃尔顿说，“它希望有一天能再次遇见它的训导员搭档。”

一位第 10 特种部队的士兵和他的军犬在一场例行训练中跳下 CL-47 支奴干直升机的舷梯。

美国空军图片 / 摄影：技术军士曼努埃尔 · J · 马丁内斯

第三章

完成工作

正如今天的大部分美国人在工作和生活中扮演着多重角色一样，军犬也一样。然而在过去的几十年里，军犬被训练成执行特定的任务而且表现良好的士兵，今天的犬类战士则戴上了更多的帽子。

今天，所有的军犬在接受进一步训练并成为毒品或爆炸物侦测犬之前，首先要被训练成为巡逻犬。少量军犬被训练成为专业的搜救犬，或者追踪犬。

这里是当今的战地手册对每个犬种的工作描述：

- 法律执行。认证的巡逻军犬在巡逻过程中按照命令寻找、侦测、撕咬和牵制，并警戒嫌疑犯。它们在危险情况下阻止攻击并保护训导员。它们能够协助维持秩序和对抗管理，并能在室内和室外环境下搜索嫌疑犯或失踪人员。
- 毒品控制。毒品侦测犬小组专门训练用于毒品侦测并支持空军达到零毒品环境的目标。它们非凡的侦测非法毒品和遏制使用及拥有毒品的能力，也是其他调查方式如尿检的有益补充。
- 爆炸物探测。爆炸物侦测犬小组在反恐主义行动中极具价值。他们能探测装有炸药的军火并搜索有炸弹威胁的区域。爆炸物侦测犬小组适合搜索建筑、车辆、行李、包裹、飞机等。

在威胁、安保或其他日常工作如大搜查期间，爆炸物侦测犬不可用于搜索无人认领的包裹或评估、检查、清除已经被确认为可疑爆炸物或可能的简单爆炸装置的物品。

当然，在战争时期这些军犬还有一些额外的工作职责：

- 应急行动。在战争时期的战斗任务里，军犬小组提供强化巡逻和边界或点防卫时的侦测职能。在简易基地作战行动中，把军犬部署为预警系统。考虑到潜在的突发事件，毒品和爆炸物侦测犬在这种环境里也是有价值的补充，因为它们首先是巡逻犬，其次才是侦测犬。同样的，爆炸物侦测犬在军队部署保护方案中已经变得不可或缺。军犬小组可以用于突发或临时的空中交通管制点防御、步兵巡逻、武力宣示以及警戒线和搜查行动。

无论军犬是否有助于守卫基地或搜寻爆炸物，部署军犬的同时通常意味着它们不仅可以帮助士兵腾出时间从事其他任务，还意味着如果由它们执行通常由人来执行的任务，会把遭受损失的可能性降到最低。比如，不去强制打开车厢或破门而入寻找毒品或炸弹，而是利用军犬的强大嗅觉，这样就能最大程度地降低风险。这种做法也减少了物理破坏，并在搜查对美国军事人员可能抱有天然敌意的区域时表现出善意。

无论侦测犬是在寻找毒品还是炸弹，它们都有一些共同的特点：它们受过的训练是一旦发现有嫌疑的物品，就会坐下来一动不动，然后它们的人类同行就会到现场接手并确认它们的发现。这种被动性的反应和过去驯犬的方式形成鲜明的对照，那时候军犬会狂叫，或者被鼓励去攻击或挖掘以发现物品。

“被动性的反应，指的是当它们发现什么的时候，会尽可能安静地坐下来，”为军方和执法机构训练犬只的 K-9 侦测部门的签约训导员克里斯特尔·格里尔说，“它们尽可能地靠近它们认为是源头的地方，然后作出反应，给训导员发出信号。”

很多军犬训导员和其他部队描述他们的狗警告他们什么的时候，那情形就像看见了飓风眼。当狗突然安静并坐下去的时候，就像肆虐了一段时间的飓风突然静止。这种状态只持续了几秒钟，然后又继续狂暴起来。

“那是一种兴奋的感觉。”第 82 航空旅的轻型轮式装备技师、参谋军士詹姆斯·克鲁斯说，他在阿富汗服役的时候，谈到了身边那些犬类战士的贡献，“非常刺激，因为那一刻的静止激起了无数其他的事情。你要四处奔走，确保当地人员的安全，确保你的人员各就各位，封闭特定的道路和隔离那片区域。”

参谋军士阿利萨·琼斯和搭档马可在巴格达自由营的直升机停机坪候机。

美国空军图片 / 摄影：军士长斯科特·韦杰斯

每种军犬的工作都需要特殊的训练和技能。以下对它们军事生涯的方方面面做一些介绍。

巡逻犬

在许多方面，军事巡逻犬的训练内容及工作性质和警犬是相同的：除了训导员之外，它们几乎没有区别，能够对有嫌疑的人表现出进攻性，能按照命令攻击——或在训导员受到攻击时在没有得到命令的情况下发起攻击。

它们也必须具备一些特定的军事技能。根据官方战地手册，巡逻犬必须能够：

- 通过气味、声音和视觉（仅在牵绳情况下）发现一个人。
- 在 75 码内察觉一个人的气味并作出反应，然后跟踪气味找到那个人的位置。
- 在 100 码内（夜间为 100 英尺）察觉一个人发出的声音并作出反应，并追踪声音找到源头。
- 看到视野 100 码内的人并作出反应，按照命令进行追踪。
- 熟练演示追踪、攻击和释放。
- 和训导员一起安静乘坐交通工具，直到被激怒或收到指令。

毒品侦测犬

训练军犬定位毒品是在越南战争时期开始的，当时在东南亚服役的军事人员使用大麻和其他毒品来缓解战争的压力。为了应对这种情况，毒品探测在1971年被纳入官方训练体系，但并非所有的军犬都接受这一训练。

军方在军犬中间进行筛选，寻找那些更有好奇心和表现欲，同时拥有高超寻物本领的个体。这些狗受训探测的第一种毒品是大麻。等这些狗在邪恶的大麻、可卡因、印度大麻制剂上练好本领之后，海洛因也被加了进来。

基于在巡逻犬计划上的成功，今天的毒品侦测犬也采用同样的训练方式。在一次普通的练习里，助训员和训导员在一架载重42000磅的C-130货机里藏了一盎司可卡因。虽然任何人的嗅觉都会被淹没在燃油、液压油和没洗澡的乘客散发出的刺鼻气味里，狗却能在登上飞机一两分钟后便发现不良物品。

爆炸物侦测犬

大约在军方开始训练军犬侦测毒品的同时，空军也开始训练狗来探测地雷、炸弹和其他爆炸材料。训导员咨询了曾经长期训练“嗅弹犬”，在北爱尔兰侦测爱尔兰共和军埋设的爆炸物的英国军方。

但是，在越战之后，美国中止了爆炸物侦测犬的使用，相关的训练也被搁置起来。直到 20 世纪 90 年代中期，他们才派这些军犬和军队一起赶赴波斯尼亚，协助结束巴尔干战争。曾经有过这样一个案例，一包热狗被放在人行道上诱惑饥饿的难民或狗。一只受过寻找爆炸物训练的狗会产生警觉并在那个包裹旁静静地坐下来，因为那个包裹事实上是通过一些很细的绊线连在几码外的一个基本碎片弹装置上的。

今天，那些在伊拉克和阿富汗服役的军犬仍然价值不减。“根据训练水平的不同，爆炸物侦测犬的价值在三万至八万美元之间。”空军参谋军士、远征军第 447 保安中队的军犬训导员克里斯托弗·拉斯说，“它们通过协助搜查邮包、车辆、飞机和人员携带的违禁炸药和其他与炸弹有关的工具及物品，为伊拉克全境的美国基地提供了强有力的保护。”

“这些军犬从事士兵和海军陆战队员无法胜任的工作。”詹森·伯杰龙解释道。他是国际犬类联合公司——向美国军方供应可立即使用的经过培训的军犬小组的承包商的侦测犬训导员，“它们做出了很大的贡献。”

“我们找到和清除其他人束手无策的东西，”纳特·雷诺，另一个国际犬类联合公司的嗅弹犬训导员补充说，“它们有敏锐的本能，能嗅出海军陆战队队员找不到，甚至连 X 光也发现不了的东西。”

“狗能嗅出25毫克的爆炸物。”2007年在阿富汗服役的第49探雷犬分遣队训导员、陆军军士马丁·麦克纳利说，“在适当条件下，一只军犬一天清理的地面相当于一个人一个月的工作量。”

爆炸物侦测犬的另一个有价值的用途是在布雷区找到受伤的士兵。“军犬能迅速清理出一条道路，让救援人员接近他们。”第49探雷犬分遣队队员、陆军上士斯蒂芬·怀特说。

“作为训导员，你不希望去任何狗没有去过的地方。”和一只爆炸物侦测犬一起工作的训导员杰弗里·史密斯中士说，“在一次搜查任务里，训导员站在路中央，让军犬搜查前面的六辆汽车。这就像军事上的交替掩护，军犬先向训导员前方搜索20至50米，然后他们就有了前进的空间。”

有爆炸物侦测犬在身边巡逻，感到轻松的不仅仅是训导员。当詹姆斯·克鲁斯被部署到阿富汗的时候，在坎大哈机场入口执行安保任务，“这些军犬带来了莫大的安慰。”他讲述了在他执勤的时候，军犬如何协助避免人员伤亡，不是一次，而是很多次。

“一个用包装胶带缠起来的瓶子放在路边，旁边是入场卡车的等待通道，”他说，“另一个士兵发现了那个瓶子，感觉不对劲，他们叫来爆炸物侦测犬小组进行检查。”

“那只狗立刻走到瓶子旁边，一动不动地坐了下来。”克鲁斯说，“爆炸性军械处理小组后来判断，它捕捉到了胶带上的胶的气味。敌人显然在胶里用了硝酸盐来增加黏性，结果被它察觉了。这些狗相当敏感。我从来没有经历过这样的事情。这简直太疯狂了。”

尽管这些军犬所做的是严肃的工作，但它们毕竟还是狗，有时候训导员很难不被它们的古怪举动逗笑。“我的狗还是有点小狗脾气——对什么都感兴趣，所以有时候显得很好笑。”专业军士丹尼尔·迈尔在谈到塞尼奥，一只5岁大的德国牧羊犬的时候说，“每天我们一起工作的时候，它都有令人发笑的新花样，有时候它侦测时的动作也很滑稽。它就像个小孩子。”

像它们的人类同行一样，军犬必须身体健康。“爆炸物侦测犬必须能够频繁登上飞机舷梯，越过混凝土横栏，或进出汽车。”詹森·伯杰龙说。爆炸物侦测犬还必须能嗅出多种多样的爆炸物的气味。

“如果检测到爆炸物，军犬就会坐下去盯着它，设法嗅出最强烈的气味。”纳特·雷诺补充道，“只要它坐下，就赶紧去找掩蔽。”

不过，偶尔在现场执行任务的时候，爆炸物侦测犬会遇到训练中没有接触过的新气味，所以必须随时准备对它们进行在职训练。

2007年，有一天在伊拉克巡逻的时候，一只名叫扎什科的比利时马林诺斯犬正在认真地工作，不允许自己的鼻子漏掉每一寸区域。突然，它的目光落在了一小片草地上，但它没有坐下去，而是焦虑地盯着它的搭档。空军参谋军士雅各布·霍尔姆仔细打量了一下，然后小心翼翼地走了过去。

“它开始排除，从一边嗅到另一边，好像对什么东西感兴趣一样。”霍尔姆说，“它没有作出最后的反应，但它的表现足以让我找个人来检查一下。”

尽管扎什科受过侦测各种各样爆炸物的训练，但它被这个难住了。它闻起来像爆炸物，但又不符合它曾经刻苦训练过的需要辨别的那些爆炸物的准确特性。

结果表明，扎什科嗅出了一种它定期训练的爆炸物的变种。扎什科发现的是一种装在5加仑汽油罐里的自制炸药，正埋在靠近叛乱分子偶尔居住的一栋空房旁的一丛野草下面。

“那种自制的炸药确实是它从前没有遇见过的，所以我们设法让它熟悉起来。”霍尔姆说。

追踪犬

今天，追踪犬，也被称为专业搜索犬构成了美国军方受过专门训练的军犬的一个最小的分支，但它们在协助训导员工作时仍然极具价值。只是它们的侦测犬兄弟专注的是寻找他们曾经反复训练过多次的特定的气味，追踪犬要对付的则是属于某个特定人类的带有气味的布片或个人物品。一旦它熟悉了那种气味，那么它的工作就是找出这种气味所属的人。

根据军方战地手册，追踪犬应该能够完成：

- 追踪犬必须达到的最低水平是：能够追踪至少一个小时前的人类的气味，在多变的地形下，沿着有几个转弯的路线追踪 1 英里。在适当的追踪条件下，一只熟练的追踪犬小组能够在崎岖多变的地形条件下，循着至少 12 个小时以前的气味，追踪自然漫步的个人或群体至少 3.1 英里。在追踪的同时，犬只也能够向它的训导员警示绊线和伏兵的存在。

“一闻到那种气味，我的狗就知道了，‘好，我需要找到这种混合着尘土、靴子、牛仔布和汗液的味道，然后得到奖励。’”一等兵贾斯汀・金茨在谈到他的追踪犬艾尔柯——一只比利时马林诺斯犬的时候说，“每次追踪一开始的关键是，给艾尔柯的气味必须是新鲜和孤立的，所以我必须确保它第一次闻到的气味就是我想要它找到的那一个。”

“艾尔柯的主要任务是追踪人类的气味，并带领我们去安置爆炸物或制作爆炸物的地点。”第 501 宪兵团的凯尔・洛克斯，一位和金茨及艾尔柯协作的爆炸物侦测犬训导员说，“现场工作有许多变数，包括时间的推移、气息被风吹散的可能性，还有进出现场或现场附近的人的数量。”

“在受过污染的区域成功追踪真的很难，”金茨说，“我必须采取措施让我的狗做好准备。”任务成功的关键是激发它的渴望和进取心。金茨给艾尔柯身上系上轻便的索具，上面有一块作为把手的皮子。通过它，金茨可以把艾尔柯稍微拉起来，让它前脚几乎不着地，直到他发出搜查命令。

接着是战前动员，把一番混合着鼓励和特定任务指令的话以充满信心和积极进取的声音说出来。动员结束后，艾尔柯已经跃跃欲试地准备去寻找气味的来源了，“在那一刻，它愿意工作，它只想出发，只想去追踪。”金茨说。

军事行动

军犬小组所做的所有工作并非都和军事基地或战斗任务有关，其中有很多关系到公共安全，这些职责如今都落在了海岸警卫队头上。

海岸警卫队中士克里斯托弗·哈特曼是驻扎在旧金山的一名训导员。他的爆炸物侦测犬搭档艾维——一只比利时马林诺斯犬和德国牧羊犬的混种犬，协助他在举办大型活动如世界棒球大赛和舰队周时巡逻人群密集的码头和交通枢纽站。

“我们执行的许多任务和码头以及水道安全有关，”哈特曼说，“在无数车辆登上华盛顿州渡轮、阿拉斯加海上公路渡轮、旧金山湾渡轮和卡特琳娜岛渡轮之前，我们已经进行过彻底的检查了。”

海岸警卫队的军犬小组也会应要求协助其他军事和政府机构。“我们做过军用物资转运支持工作，也应一些联邦、州和当地机构的邀请处理过几次炸弹威胁、犯罪现场搜查和总统安保工作。”旧金山犬类爆炸物侦测组主管伊桑·波斯特尔中尉说，“我们海岸警卫队的一部分工作是保护货轮、客轮和美国人民。海岸警卫队犬类爆炸物侦测组的目标是把国家变成对每个人来说都更安全的地方。一支军犬小组能够在很短的时间内检查完整个渡口和一排等待登上渡船的乘客，比用其他方法做同样的事情更省时，效果也更加立竿见影，同时也提高了制止袭击的几率。”

“另外，”他补充道，“军犬更不显眼，而且受大部分人喜爱。”

相比于其他军种，爆炸物侦测犬小组对海岸警卫队而言仍然很新颖，虽然无论训导员还是他们的上级都清楚地认识到他们在任务中的价值，但他们的角色和职责仍然在设计中。

“他们的许多任务、责任和标准作业程序仍然在制定中，所以落在训导员肩上的任务是配合训练，寻找工作并学习最好的经验。”波斯特尔说，“正因如此，作为一名海军陆战队的训导员需要极高的主动性、毫不动摇的献身精神以及高度的个人责任感。”

乘降落伞的狗狗

最后，在谈到军犬的工作时，不能不提到一个问题：如何训练一只狗从飞机上跳伞或从直升机上垂降，就像卡伊罗在海豹六队猎杀本·拉丹时所做的那样呢？

就细节而言，军方对此没有多谈。“我们实际上并不训练军犬跳伞，”拉克兰基地的公共事务官员格里·普罗克特说，“如果你谈的是卡伊罗，那些训练是由各种部队的人进行的，所以我无法回答。”

好吧，但是他们是怎样让狗从飞机和直升机上跳出来的呢？要知道，这是大部分的人类都不敢尝试的事情。“狗感觉不到高度的不同，所以它们并不害怕。”奥地利特种部队的成员，同时也是训导员的一名匿名人士说，“更容易使它们不安的是引擎的轰鸣声，但是一旦开始降落，它们欣赏起空中的景色，其他的就不重要了。我的狗经常这样。它的头脑比大多数新兵冷静得多。”

犬类空降的最早记录是在 1785 年，一个法国热气球驾驶者设计了一个粗糙的降落伞，把它固定在他的狗身上。在热气球升到空中几百英尺后，他抱起狗来到一旁，放手让它坠落下去。那只狗落了地，但气球驾驶者一直不清楚它是否安然无恙，因为他在降落后搜索了相当广泛的区域，既没有找到那只狗，也没有找到降落伞。

后来，在第二次世界大战开始的前几年，苏联军队开始设计一种叫做“圆笼子”的奇妙装置，这种装置允许狗从飞机上跳伞。根据1935年11月版《流行科学》杂志上的故事，这种笼子是一种“被投出飞机后会自动张开的降落伞”，“笼子的外壳在降落过程中是锁定的，在碰撞地面后能自己弹开”。

但大约在苏联人作出尝试的同一时间，英国人完善了测试犬类跳伞的艺术。他们授予实验小组军犬伞兵营的称号。他们的技术相当惊人。在盟军诺曼底登陆当天，一支英国伞兵部队和一只名叫宾的阿尔萨斯犬进入诺曼底。不幸的是，宾的降落地点偏离了目标，被挂在树上困了整整一夜。整个晚上，炸弹不断从它身旁飞过。第二天早上，宾的训导员发现了它，把它从树上救下来并为它处理了身上的伤口。在恢复健康后不久，宾又重新投入了战争。

美国军方分遣队首次尝试送军犬乘坐降落伞是在二战期间的北极圈，为了营救在去英国和苏联途中被迫弃机的军事人员。空军制作了一个装置，可以把两只军犬吊在一个直径为28英尺的降落伞上。连同运载一个包括它们的训导员、一具狗拉雪橇、

陆军军士长克里斯·拉隆德和他的军犬军士长福斯柯、跳伞长科比从海拔12500英尺高空执行陆军第一次联合跳伞。

美国空军图片/摄影：文斯·范德·玛雷拉军士

第82战斗航空旅军士长迪恩·比塞帮助参谋军士迈克尔·海尔和军犬罗尼系好训练用的索具。

美国空军图片/摄影：专业军士奥布丽·朗德尔

一名医生的小组的额外降落伞，他们跳下了飞机。在降落后，军犬帮他们把伤员带往安全处，并找回了他们不幸遇难的战友的尸体。

当军队在敌人后方空投军犬，协助部队巡逻侦察，探测地雷和诡雷的时候，会发生很多意外。但在大部分情况下，美国伞兵犬的成就仅限于非战争试验。

无论军犬从飞机上跳伞，还是在美国海岸线上巡逻，它们的终极目标是相同的：保护它们身边的人类。

“最训练有素的士兵也绝对比不上军犬。”在越战期间和一只名叫克利伯的德国牧羊犬做搭档的军犬训导员约翰·C·波纳姆说。他后来写了一本叫做《战士最好的朋友：越战中的巡逻犬和它们的训导员》（*A Solider's Best Friends: Scout Dogs and Their Handlers in the Vietnam War*）的书，还创办了军犬小组国家纪念碑基金会。他在基金会成立仪式上说：“我不清楚今天到场的美国军人的后代，有多少是因为我们在战争时期派出了军犬才有机会降临人世的。我们的自由有一部分归功于这些军犬，它们兢兢业业地完成工作；作为一个小组，它们英勇地保卫阵地。这都是为了拯救美国人的生命。”

技术军士哈维·豪尔特和杰杰克逊在伊拉克巡逻时搜查兵器库。

美国空军图片 / 摄影：参谋军士斯泰西·L·皮尔索尔

内莫

1966年12月4日，在越南南部的新山一空军基地，空军二等兵罗伯特·A·索恩伯格和他4岁大的德国牧羊犬搭档内莫一起执行夜间巡逻任务。他们巡查到靠近跑道的地方，旁边是一片古老的越南墓地。

早些时候，越共曾经试图闯入机场。美国秘密警察和其他巡逻人员认为他们已经完成了任务，因为他们杀死了一些敌人并打退了剩下的敌人。

索恩伯格和内莫开始巡逻的时候，他们也认为威胁已经解除。但是，内莫突然站住了，它直盯着那片墓地：躲进丛林的越共卷土重来了。

听到第一声枪响，索恩伯格就放开了内莫，后者冲向墓地，直接跑进密集的枪火里。人和狗都避开了大部分子弹，但一颗子弹从内莫的右眼下方射入，穿透了它的嘴巴，另一颗子弹击中了索恩伯格的肩膀。受伤后，索恩伯格继续射击，放倒了一个敌人。内莫也没有放弃，它冲到越共士兵中间，迫使他们分散开来，这也为索恩伯格请求支援赢得了足够的时间。接着，那只重约85磅的军犬拖着受伤的身体回到索恩伯格身边，把身体横在他前面以阻止他遭到进一步的伤害。

医务人员很快赶来为索恩伯格处理伤口，同时其他战士匆忙把内莫送往兽医诊所。它受的是贯穿伤,但右眼遭到破坏无法修复；它脸上需要植皮，同时还要切开气管，这样才能呼吸。经过治疗，内莫和索恩伯格都康复了，空军决定把内莫带回美国。它在拉克兰度过了退役后的生活。

随着战争的延长，军方决定利用内莫的英雄主义故事协助招募军犬。内莫周游全国，出现在电视节目、报纸和杂志访谈里，它的功绩和名气确实吸引了更多的狗进入军中服役。

参谋军士克利福德·哈特利和 10 岁的德国牧羊犬西尔一起摆 Pose。

查尔斯顿空军基地公共事务

第四章

战争中的志愿犬

根据军规，驻扎在战斗前哨和前沿基地的士兵禁止和任何犬类发生联系，任何动物都不行——因为它们没有经过作为军犬的特别训练。这就自动排除了把任何吉祥物或“精神宠物”留在军营里，在营地里或执勤时提供一些无忧无虑时刻的可能。

当然，这条军规时常被打破。当士兵外出巡逻发现一只外表肮脏、营养不良的混种狗，把它藏在外衣里带回营地；或者发现一只即将临产，认为食堂的台阶下是最佳生产地点的雌犬时，很难不为这只充满深情的狗提供一个温暖的处所，尤其是你生活在战争区域中心的时候。

基地犬

2003年驻扎在伊拉克的时候，陆军上士拉塞尔·乔伊斯和他的战友决定养一只警卫犬来看守营地。

他的单位——特种部队阿尔法连队第三营第三群——部署在阿富汗的时候，曾经依靠一只本地流浪犬防止外人入侵，他们想在伊拉克养一只狗解决同样的问题。他们请一名库尔德士兵帮忙找一只狗。于是，他们很快成了一只德国牧羊犬的不是很自豪的主人。那只狗身上满是疤痕，瘦得像竹竿，几乎没有牙齿，而且，刚到的时候，这只狗在士兵面前显得战战兢兢。

“我们得到它的时候，它非常瘦。”乔伊斯说，“它走起路来有气无力，而且显得很怕人，几乎整天一动不动。”

但乔伊斯认为他们的相遇是命运的安排，所以他开始喂养这只瘦弱的狗。因为缺乏狗粮，这只狗吃的是乔伊斯放在手里喂给它的剩饭如鸡肉和米饭——还在乔伊斯的训练下学习像哨兵一样蹲坐和行走，并和它的训导员寸步不离。每只狗都需要一个名字，乔伊斯给它取名叫绒球，当然了，这个名字起初只是一个显而易见的玩笑，但这个名字一直沿用了下来。

有趣的事情发生了。没过多久，绒球就表现得像一只真正的警卫犬一样，它向每个不是美国士兵的人狂叫。“它显然在维护我们，”乔伊斯说，“只要任何美国人去巡逻，也就是步行巡逻，它就会跟在他们左侧，而且会一直站在他们身边。我们把这只狗从伊拉克带回来，训练它，后来让它负责我们的安全。”

吉祥物犬

吉祥物犬在全世界的军队里有着悠久而充满传奇的历史，它们曾经出现在美国军方的所有兵种里，甚至包括海军。在第二次世界大战里，它们生活在海面数千英尺下的潜水艇里。它们就是有名的海洋犬，在潜水艇里它们还有属于自己的一个狭小的宿舍。一般来说，它们是聪明的犬种。正如吉祥物犬有助于提高地面上士兵的士气一样，这些海洋犬也能通过给那些不见天日的水兵打气，来传递一些正能量。

无论是在和平时期还是战争时期，无论是训导员还是非训导员，人们都对吉祥物犬爱护有加。在越战期间，美国军队认识到越南人养的狗通常比他们从美国或德国带来和士兵一起服役的狗矮小、瘦弱得多。狗依赖食物生活，越南人的狗很难有完全发育的机会。有时候，步兵和训导员在发现特别喜爱的越南狗时，为了不使它们成为餐桌上的食物，会花钱从狗主人那里把它们买回来。

“狗对他们来说就像我们的鸡，”军士拉里·比纳说，“他们吃狗肉，在那里狗肉是一种美味。我在那里从来没见过猫，但有很多狗，他们把狗当做食物。他们从来没有见过像我们的德国牧羊犬这样大的狗。他们害怕它们。”

虽然一些美国巡逻犬会对小狗汪汪大叫，但有一些对它们产生了兴趣，想和它们做朋友。

第 47 步兵排的士兵收养了一只在边和基地闲逛的越南小狗。他们叫它小机灵，根据那里一位训导员的说法，他们宠它宠得厉害。有一天他们要上船走了，“每个人都一直给它东西吃，直到它吃得走不动路。”他说。但他最喜欢看它和巡逻犬在一起玩。“我们的大狗非常好奇，一副摸不透它的来路的样子。”

2009 年 1 月，一个正在巡逻的无线电小组在伊拉克拉马迪市附近发现了一只脏兮兮的小狗，战士们估计它大约6周大。他们把它带回了基地，并很快为它取名贝拉，还带它去部队的兽医那里做了彻底的检查。尽管知道这样做违反规定，但他们还是决定向上级申请收养它，并辩护说，把这只小狗留在基地有助于缓解和它接触的士兵的压力。申请获批后，他们很快让它“上了岗”。

“我们拯救了它，”基地的兽医主管布莱恩·W·史密斯上尉说，“狗仅以它的露面就能提升士气。就像棒球或苹果派一样，这是一种美国式的东西。”

贝拉很快成了第55医务连的尾巴。“无论你是谁，军衔是什么，它都喜欢你。”家族精神病学专业护士、在作战压力控制小组工作的中尉杰弗里·S·埃德尔曼说，“它就跟在你后面，它喜欢每一个人。无论我去哪里，它都跟着我。唯一麻烦的是乘车带它出去的时候。倒不是因为地方不够，而是因为每个人都想让它上自己的车。”

“贝拉常常陪着我，”下士罗伯特·C·弗伦、贝拉的训导员和室友说，“它心肠很好，有一种非常特别的责任感。”当然，这是贝拉作为吉祥物的任务的一部分，包括访问基地附近的几所孤儿院，迎接客人，在本质上就是使每个见到它的人都眉开眼笑。偶尔，它也会进入训练教官模式。

“当一个新兵在队列训练里走错步子的时候，贝拉就去咬他

边和
越南城市名。

的靴子，纠正他。”弗伦说，“我想它只是咬那个看起来和其他人不一样的家伙，但会让那个新兵知道自己做错了。”

“我喜欢那只狗，”在富士基地宪兵司令办公室服役的保罗·G·约翰斯顿下士说，“只是看着它长大就会使我面带笑容。它已经成长为一名不错的士兵。”

吉祥物犬不仅能为所在部队提高士气，在过去的岁月里，它们也曾发挥过鼓舞国内民众的作用。特别是在二战期间，战争第一年德国对同盟国占据上风时，民众心中的阴影是挥之不去的。

在当时的美国，配给制和牺牲精神是生活的主流，为了供给海外部队非常需要的物资，每个人都被鼓励着团结起来，削减从衣物、食物到取暖的几乎一切东西。“生活是简朴的，斯巴达式的，几乎完全被必需和匮乏所决定，”L·道格拉斯·基尼在他的作品《伙伴们：男人、狗和第二次世界大战》（*Buddies: Men, Dogs, and World War II*）里，刊登了一系列快乐的狗和士兵的照片集，以纯粹让国人了解情况的目的发回国内，让他们知道他们的孩子依然是那个爱狗的孩子。无论是军犬还是流浪狗，都需要为战争做出贡献。

这些照片由公共关系部门和战地记者拍摄，都是在士兵巡逻或在营地及帐篷里休息的抓拍照片，上面配有安抚国内民众的题注。“所有题注都是精心构思而成，意在让家里的其他人放心：

他们的孩子一切安好。”基尼在书里写道。

在一组来自一个医疗运输站的照片上，显示了一只腿上打着石膏、头上缠着绷带的混种狗。照片上朴素的题注写着：这只狗过去叫“半个兵”，但受伤的士兵们开始叫它“阳光医生”。伤员上车后，“医生”担负着鼓舞士气的工作。它摇摇晃晃地走过一个个床位，给所有人以形势正在一天天好起来的感觉。

医疗犬

今天，“阳光医生”已经成为官方计划的一部分。一些现役军犬没有被训练去探测炸弹和毒品，而是充当医疗犬，帮助它们的同事治疗病人。这些医疗犬不仅通过减轻士兵的压力和焦虑帮助治疗他们的心理疾病，还能通过陪着病人走过走廊以增加他们的运动范围、体力和平衡技巧，帮助他们进行康复训练。

第 528 医疗分遣队的职业医师塞西莉亚·纳哈拉，在伊拉克驻扎期间曾经和陆军上士波伊一起工作。后者是一只英国拉布拉多寻回犬，是由美国导盲犬基金会和美国诊疗犬协会捐赠，定向培养为医疗犬。

“它的任务是给士兵一个家的感觉，并提供一种舒适感和幸福感。”纳哈拉说。

“在和它共处一段时间后，我感觉轻松多了。”第 101 空降师第1旅级作战部队的布伦达·里奇上士说，“在一个除了我和这只狗,其他什么都没有的环境里过几分钟,这似乎真的很有用。”

在一些医疗犬做全职工作的同时，另一些同样项目里的狗事实上只在夜间工作：在伊拉克的一所军队医院里，就有这样的军犬为病人提供治疗。

参谋军士和医疗技术人员贾尼斯·希普曼发起了K-9探视计划,从第332远征安全部队群带着训导员和他们的军犬到医院,帮助病人更快地恢复。

“我们一起协作，使病人对自身的状况和治愈更有信心。”希普曼说。

陆军中士马克·多德是一位声称这一项目创造了奇迹的病人。“这个项目给了我恢复过来的机会，”他说，“军犬为我创造了一个非常好的环境。只要有它们在身边,我就能忘记那些痛苦。”

军犬和训导员也从中获益良多，因为这个项目为训导员和军犬提供了和其他个体一同工作的机会。

“这些狗是军犬，”部门犬舍主管、技术军士约瑟夫·思罗格莫顿说，“它们在基地执勤的时候，我们一般不允许人们爱抚它们。但是，我们在这里执行的是一项很特别的任务。我们的狗在基地外和非K-9部门的训导员一起近距离工作，它们需要习惯和其他人在一起。”

部门的另一位训导员、参谋军士克里斯滕·史密斯常常带着他的搭档塞萨尔一起访问病人。“这个项目促进了它们的训练，因为在我们外出执勤时，我们要训练它们面对联军作何反应，所以它们只会在感觉到威胁，或它们的训导员受到威胁时才对某个人表现出攻击性，或者在收到指令的时候。”史密斯说，“它们都是训练有素的动物，只要训导员在场而且病人得到训导员的许可，这些狗是可以接近的。”

除了偶尔来访之外，军方还提供扩展的减压项目，供那些需要更多时间如一个小时以上的人员采用，医疗犬在这方面当然帮得上忙。

在巴格拉姆空军基地，自由恢复中心向那些压力过大、需要在人类和犬类的共同协助下休息放松的士兵提供 3 至 5 天的减压项目。“这个项目可以帮助人们了解他们生活中是否有未知数存在，思考自己如何应付并确保自己能够胜任自己的工作，并不被遣送回家。”和上士蒂米、一只 4 岁的黄色拉布拉多寻回犬一起工作，并偶尔充当治疗师的训导员泰莉莎·史瑞夫说，“我们真诚地希望能帮助他们渡过难关，蒂米通过多种方式配合我们的任务。对自由恢复中心来说，它在我们和服役人员进行一对一访谈时就待在这儿，闲暇时可以自由玩耍。”她接着说，“我们有时候把它带到课堂里，所以那样也会有一些作用。单单爱抚它就能降低心率，同时减轻压力。只要躺在他们脚下，它就能给人们带来舒适的感觉。”

第455空军远征联队空军下士、医疗技术人员潘妮·巴克尔非常享受她在空军度过的时光。“我爱这个项目。事实上，我曾经在阿富汗有过一些糟糕的体验，所以来这里放松感觉很好。”她说，“和蒂米一起我能得到一些睡眠和放松，还学会了对付经常做噩梦之类的事的办法。”

“我和蒂米的另一些任务是扩大服务范围，”史瑞夫说，“我们带着狗去散步，让人们爱抚它，和它一起玩。这有点鼓舞士气的意思，因为它提供了人们用其他方式得不到的家的舒适感。它打开一扇门，让我们走进去。”她还补充，狗在场的时候，士兵们总希望治疗过程更长一些，并得到更多的个人空间。

“这些狗起的是破冰船和通信线路的作用，”美国诊疗犬协会首席教官麦克·萨金特说，“医疗犬不考虑性别、种族、是否伤残，对所有的人都一视同仁地付出。”

陆军上士巴奇是一只3岁大的拉布拉多医疗犬，它也在伊拉克帮助过病人，帮助那些因为心理健康或战争压力问题而感到不适的战士敞开胸怀。

巴奇在2007年圣诞夜初次来到伊拉克北部的摩苏尔的时候，许多士兵把它视为来自家乡的意想不到的礼物。职业治疗师、巴奇的训导员杜安·桑德斯军士说，它访问基地的每一个单位和正在医院里康复的病人，受到了士兵们的普遍欢迎。

“每天我们都设法去不同的地方，这样士兵们就有机会见到它。”桑德斯说，“许多士兵想念家里的宠物，所以他们会仅仅为了见巴奇而拜访我们，过不了多久，他们就会开始谈起他们的问题、忧虑和烦恼。”

这种情况并不出人意料，毕竟，连军犬都会引起同样的反应。

“当我牵着狗走过的时候，人们第一件想做的事情就是摸摸它。”和军犬博德罗搭档一起在阿富汗服役的帕特里克·斯皮维说，“它让人们想到家乡以及他们的宠物和家人。它们很明显不是宠物，但多少能给人们带来一种正常状态的感觉。”

并非所有的医疗犬都来自可能被误认为巡逻侦测犬的犬种。他在科威特艾瑞夫江营地的一些同事信任一只名叫兰斯的西高地白梗医疗犬。兰斯不是军犬，而是由在德国兰斯图尔地区医疗中心和华盛顿特区瓦尔特·瑞德陆军医疗中心拥有基地的美国红十字会宠物探视计划提供给营地的一只医疗犬。

兰斯正和它的主人——退役陆军军士长威廉姆·罗德里格斯一起过着安静而幸福的生活，这时红十字会询问他是否愿意和他最好的朋友志愿加入这个计划。毕竟，作为承包商的罗德里格斯身在科威特。他考虑到自己的从军经历，很快同意了。

但是，在他得以投入这项工作之前，兰斯必须满足几个条件。它得通过一连串的服从训练，证明它能舒适地和成人、儿童及其他狗相处；还需要军营的兽医给它开具一张包括身体和性格的健康证明；最后，是一项确保它不会因为常见的压力而惊慌的行为训练。有一次，罗德里格斯承认这个阶段对他来说比对兰斯更难熬。“看他们拽它的尾巴，揪它的耳朵，真让人心疼。”他说，“他们朝地上扔盘子和物品，发出很大的声音，它一动都不动。”

兰斯顺利通过了测试，开始真正的工作：做它自己。毕竟，宠物医疗犬和宠物探访犬是有差别的。“宠物医疗犬是由认证治疗师管理的，宠物探访犬的训导员不是认证治疗师。”艾瑞夫江营地宠物探访计划协调人恰哈尔·赫尔南德斯中尉说，“宠物探访能够为处于孤独状态的病人和军人提供情感支持。这样做的一些潜在的好处包括降低心率和血压，增强被接纳感，增强同情心和心理承受力，提高积极性等，并能提高部队人员的生活品质。”

萨曼塔·布里塞特是一位经常和兰斯一起在艾瑞夫江营地走动的红十字会志愿者，他们奇迹般地融入了军队的生活，因为每个人都爱狗，“人们见到兰斯就会说：‘我好长时间没见过狗了，我能摸摸它吗？’‘随时欢迎。’”布里塞特总是这样回答。

罗德里格斯赞同她的说法，“很让人吃惊。你去医院的时候，士兵们会说，‘我很久没见我的狗了’或者‘我想我的狗了’，然后他们就会变得活跃起来。那些烦恼和悲伤的人突然快乐和微笑起来，连受伤的士兵也变得眉开眼笑。”

“兰斯已经帮助很多士兵摆脱了心理问题。”罗德里格斯接着说，但最感人的是一个处在咨询环节的士兵，在见到兰斯时取得了突破。“那个人不愿和任何人说话，说话的时候也总是谈他的狗。所以他们请我带兰斯去了，于是那个士兵敞开了心扉。”

罗德里格斯和兰斯每星期六去营地访问一次，而小白狗兰斯开始盼望起这种探访，在前一天晚上就变得兴奋起来。“每个星期五晚上，它都知道为什么要给它洗澡，因为它知道第二天早上会发生什么。”罗德里格斯说。

这些包括军犬和民间犬只的医疗犬的事迹是不会被上层忽视的。陆军上士乔纳森·齐克，一只战争压力释放犬，和它的10 名战友以及它的人类搭档——第 85 医学战争压力控制分遣队的专业军士劳伦斯·希普曼一起，参加了“激励项目”——一项完成作战的士兵回归社会的仪式。

希普曼和齐克——一只 4 岁的拉布拉多寻回犬，在伊拉克北部花了几个月时间访问不同战斗岗位和联合安全站的士兵，向驻扎在偏远基地的战士们提供行为健康咨询。

“能够引导我们这些广义的家庭成员加入激励项目是一种荣耀，”基地的副司令保罗·里斯中校说，“他们的使命是访问偏远的军事基地，向不能定期去战争压力诊疗所的士兵提供战争压力释放课程。”

“齐克就像一艘破冰船，”希普曼说，“有时候，人们害怕和我们交谈。但当他们看到齐克，就会很自然地走过来抚摸它，并渐渐放松起来。在大多数情况下，我们能够讨论任何困扰他们的事情。”

齐克在这次部署后将面临退役，希普曼计划收养他的这位忠实的伙伴。“我已经习惯和齐克在一起了，”希普曼说，“我们一起经历了那么多，已经变得密不可分，我简直等不及和它一起回家了。”

塔吉特

2010年年初，一只阿富汗流浪犬协助阻止了一起人体炸弹进入阿富汗帕克蒂亚省边境警察大院军营的事件。当时一队美国士兵正在对阿富汗人进行军训，那只名叫塔吉特的狗和它的两只小狗崽齐声冲着一个人狂吠起来。事发突然，那个原本要进院子引爆炸弹的人立刻在外面将炸弹引爆了。尽管有五名美军士兵受伤，一只狗伤重不治，但没有军人丧命，如果让那个人进去的话，其结果肯定是一幕惨剧。

有关塔吉特和鲁弗斯——另一只活下来的狗的新闻传播开来，它们很快成了美国报纸的头号关注对象，并出现在CNN（美国有线电视新闻网）和奥普拉·温弗瑞的脱口秀节目里。

但这一切对特里·杨来说都不重要，他在炸弹事件之前就和塔吉特很要好。流浪犬常常溜达到基地里，因为它们认识到，比起当地村庄那些受过轰炸的建筑——在那里，遭白眼就是最好的情况了，在美国士兵这里更能有规律地吃到食物。

“我们的水泥地板房间几乎像狗窝，充斥着尿骚和粪便的气味，院子外面围着刀片刺网和铁丝网，”杨说，“也许那就是这些狗喜欢我们的原因。它们或许感觉我们像它们，甚至像它们一样生活。”

实际上，这些狗很维护这些喜爱它们的士兵，对杨甚至更好一些。但是，他的服役期将在几个月后结束，所以在炸弹事件结束后，杨格外花了尽可能多的时间和塔吉特在一起。他后来回到亚利桑那州凤凰城东南约60英里的佛罗伦萨，继续和家人过着平静的生活。

几个月后，杨收到一个名叫“小狗营救行动”的非营利性组织发来的信。那个组织告诉他，如果他愿意收养塔吉特，他们可以协助安排，包括负担把塔吉特通过飞机送到美国的费用。几周后，塔吉特快乐地接受了杨、杨的妻子和孩子对它的宠爱。

几个月后的一天，塔吉特从杨的后院逃了出去，在四周溜达。没过多久，一位动物管制人员发现了它，把它当成流浪犬带回了动物庇护所。杨一家发现塔吉特失踪后心慌意乱，但在打了几个电话并看过动物庇护所的网页后，发现只是虚惊一场。因为，那个网站上有塔吉特的照片。杨在线支付了费用，并计划周一把狗接回来，因为他认为动物庇护所周末不营业。

但结果很不幸。动物庇护所的工人和周末值班职员的沟通问题导致了悲剧的发生：塔吉特在周一上午被错误地执行了安乐死，就在本应和杨一家人重聚之前没多久。

“我对这件事很痛心，”动物庇护所的主管露丝·斯塔尔特说，“我必须亲自向狗的主人传达这一消息，因为它的家人肯定很伤心。

杨一家与塔吉特在一起的幸福时光。

摄影：汤姆·施皮茨

我们努力工作为的就是让流浪动物和它们的主人重聚。”

“今天倒霉透了，我想尽办法安慰我的家人。”杨说，“我 4 岁的儿子不明白塔吉特发生了什么事，一直要求我把毒药从它身上拿出来，然后带它回家。”

参谋军士埃里克·马丁尼斯背着阿尔戈二世。

美国空军图片/摄影：空军一等兵艾琳·斯托克斯

第五章 训练犬类战士

把狗崽或未经训练的幼犬训练成能够上战场，变成能嗅寻炸弹和毫不犹豫地追击坏人的战士，这是一件非常严肃的工作，至少在人类看来是这样的。但对狗来说，这完全是一种游戏。在它们找到无论什么需要它们寻找的东西时，就会得到喜爱的东西作为奖励：玩具球或咀嚼玩具，或者是食物，连同很多赞美和头部的几次爱抚。

“狗懂得怎么找东西，”印第安纳州爱丁堡附近阿特伯里营国土安全部的搜寻与救援部门主任莉莉安·哈迪说，“它们也懂得怎么嗅东西。对我们来说，只要教它们怎么嗅我们需要找到的东西；对它们来说，它们得学会如何告诉我们它们已经找到了。所以训导员要教狗理解这些并同时懂得如何领会狗的身体语言，这些都需要大量的学习。”

“如果是人，你可以给他一本书，向他演示一次，他很容易学会。”驻科威特治安分遣队的海军中士克里斯·汤普森说，“但狗不一样，你得像教婴儿一样，从最初级开始。你需要一遍遍地向它演示，直到它最终学会。这需要大量的时间和耐心。”

“最重要的是，要设法让军犬保持快乐的情绪，”和埃迪搭档的爱德华兹空军基地技术中士约翰·里奇说，“我们教它们的大部分事情是游戏。在它们进行侦测的时候，那只是以寻找气味为乐的游戏。它们知道如果找到那种气味，就能得到奖赏。”

正如所有军种的部队因为装备、经验、历史和技术水平而处于最好的时期一样，军犬也一样。但我们要花上一些时间，才能了解到这些军犬的本能像它们的人类搭档一样得到了多么精细的磨炼，它们总是能准确无误地知道该做些什么。

在得以施展那些高超的技巧、嗅探、寻找和攻击之前，军犬必须经过基本的训练，正如它们的训导员一样。

筛选狗狗新兵

绝大多数的军犬在拉克兰空军基地受训。那里的第341训练中队把它们的使命描述为“通过训练、后勤保障、兽医支持、繁殖项目和对全世界安全防卫工作的研究和发展，为国防部和其他政府机构以及盟国提供训练有素的军犬、训导员和助训员以及犬舍主管”。

拉克兰基地如今拥有90个训练场和面积达400英亩的实验室，691座犬舍，平均任何时间都保有800只狗。超过125名军人，包括陆军、海军、海军陆战队和空军人员为所有军种和其他联邦机构训练军犬和训导员。

拉克兰基地在2005年实施了一个繁育项目，这个项目唯一繁殖的犬种是比利时马林诺斯犬，一种被美国养犬俱乐部描述为“机警、精力旺盛的犬种，常作为警犬和军犬用。它们有时候会被误认成德国牧羊犬，不过相比德国牧羊犬，马林诺斯犬的体格更优美，骨架更小，可在体力、灵活性和放牧能力上丝毫也不逊色。比利时马林诺斯犬聪明、懂事，有强烈的工作热情，乐于参加常规行动和执行任务。它们体形中等，被毛较短，也相对容易喂养。这一自信的犬种热爱它们的家人，但和陌生人在一起时或许会显得有些保守。它们对主人有天生的保护意识，但没有过度的侵略性。”

“比利时马林诺斯犬是一种典型的具有高度主动性的犬种。”和一只叫做乾的 11 岁大的马林诺斯爆炸物侦测犬在第 92 宪兵连服役的布兰登·席勒军士说，“比如说，当它们进攻的时候，它们渴望攻击。它们的整个身体会颤抖起来，呼吸也会变得粗重。它们在撕咬的时候绝对不愿意放弃。”

来自基地繁育项目的小狗出生后只经过几天的检查，训导员和助训员就能甄别出它们能胜任的工作。如果是来自外部养殖者的较大的狗——也就是说，大于一岁，首先会来到德克萨斯州接受初步训练，如果能通过全部测试，则会进入更高级别的课程。

所有出自繁育项目的狗都有一个首字重复的名字，标志着它们来自拉克兰，比如瑞瑞斯比和奥奥佩。在这些狗出生后两周的时间里，训导员会密切观察它们的反射和神经性反应。与此同时，被称作生物感应器练习的测试也在同步进行，小狗将被放进快速轨道，通过物理测试和活动快速启动它们的犬类神经系统。专家们认为，从长远来看，这样做能促进它们的心血管机能，提高对疾病和压力的免疫力。

“我们将找出什么会对小狗造成压力，并评估它们的反应。”特蕾西·肖——拉克兰基地繁育项目的管理师说，“引入了压力，小狗的身体就会在调节中慢慢适应。”

这些测试包括几个简单的测试小狗对不适感的抗拒和接受能力的练习。首先，用棉签在它们的脚趾间挠痒痒。接着是小狗体操，一名助训员把小狗的头向上垂直提起来，然后再倒过来，让它头朝地板。然后助训员用双手抱着小狗的背部，把它放在一块又湿又冷的毛巾上。

林内特·巴特勒，一位繁育项目的顾问，称这是“为了把这些小狗放到它们的寄养家庭做准备进行的一项个性测试。我们在这个阶段做的第一件事是社会吸引力测试。我们会观察小狗是否愿意接近你。一般来说，我们喜欢那种愿意翘着尾巴靠近你的小狗”。

当然，寄养家庭也要通过测试。他们必须生活在距离拉克兰两小时车程以内的地方，这样他们才能每个月带小狗回基地做一次医学测试；他们必须有一个完全用栅栏围起来的相当大的后院；假如他们有小于 4 周岁的孩子或已经有了多于 3 只的自己的狗，那是不允许进入这个程序的。

2009 年，拉克兰基地开展了一项实验，让基地的一个部门负责收养一只来自繁育项目的小狗，那意味着该部门的每个人都要参与。于是，在办公室和家里照顾小狗艾艾梅的责任落在了好几个人头上。这只小狗辗转在基地第 37 志愿中队的三个不同的家庭，结果还不错，虽然照顾一只精力旺盛的小狗既费心又费力。

“休息一下对任何人都有好处，特别是对狗，”热心的军士长詹森·霍恩施特赖特说，“然后它就能把注意力全部放到需要的地方，而且不会觉得这是一种负担。”

“但我们一定得多交流，”军士长莎伦·威特说，“不能对它不管不问。”

“我们设法为它做好训练的准备，”霍恩施特赖特又补充说，“我们为它做好上学的准备，就像学前班一样。我们希望帮助它培养出能使它成功的本领。”

就像其他的寄养家庭一样，这三对寄养父母无论在商业约见还是社交性的外出或出门锻炼时都要带着艾艾梅。可以肯定地说，艾艾梅比只有一个寄养家庭的小狗获得了更多的社交刺激，因为它外出的机会更多，也有更多的人见到它。“这只狗很有人气，”威特说，“我们给它的露面机会越多，见到它的人就越多，了解这个项目并进一步询问的人也越来越多。”

等这些狗大一些以后，就会接受新的测试，其中大部分是基本的服从训练。助训员会在黑暗的纸板箱里放一些食物，然后观察这些小狗如何利用味觉找到这份奖品。这个测试将评估小狗在有食物作为奖励的情况下进入陌生环境的企图心。对一些狗来说，它们的内驱力在把食物作为奖品时是最强烈的，但另一些则对玩具更敏感。

“我第一次把一个玩具放在地板上的时候，被它扑向那个玩具的劲头给吓呆了。”瑞瑞斯比的寄养妈妈莎拉·迪特里希说，“20分钟后，它才抬起头来看我。在那段时间里，它眼里只有那个玩具，叼着它在屋里到处炫耀。这种表现叫做练习占有。”

凯瑟琳·施尔茨是一位搜救犬训导员，她正在训练一只叫做加布的拉布拉多寻回犬。“训导员挑选从事这种工作的狗狗时，他们找的是对玩具有强烈占有欲的小狗，因为这种占有欲会使它们愿意寻找东西，因此也使它们更容易被训练。”她说，“这些狗非常热情。只要你在它们工作时给予奖励，它们在工作时就会特别卖力。”

迪特里希和她的丈夫、海军下士詹森·迪特里希先前也领养过繁育项目的另外两只小狗，那些经历从来不会让人生厌。“和它在一起的每一分钟，我不是笑破肚皮，就是头疼得要命，”莎拉说，“非此即彼，从无例外。”但是，6个月后，寄养期结束，这些狗就要回到拉克兰了，进行对军犬来说是中学阶段的进一步训练。

离别总是令人伤心的。“有时候感觉就像送兴奋的孩子去夏令营，”迪特里希说，“有时，我会感到伤心。但是你知道它们要去做它们喜欢的事，你知道它们会很享受那些事情。你希望它们成功，你渴望看到它们要用自己的生命所做的一切。你在抚养一个个小战士，这就是你为军队做贡献的方式。”

“我喜欢把它们看成一个个聪明的孩子，”迪特里希补充道，“聪明的孩子整天坐在电脑旁会不开心的。这些狗就很聪明，它们喜欢探索一切事物和每一个角落。你能在它们身上看到它们的未来。”

这些小狗在大约 7 个月大的时候进入拉克兰基地的“犬科高中”，这和它们青春期的出现相一致。“我们希望在它们最具可塑性的时候训练它们。”格里·普罗克特说。

首先进行的是标准服从性课程，这些课程和民间驯犬的方式没有多大差别。“服从性是进行其他训练的基础，”空军下士艾琳·西姆斯、宾斯空军基地的一名训导员说，“没有服从性，其他的一切都无从谈起。”

军方战地手册对军犬服从性训练的描述如下：

服从性课程将让犬只面临各种各样的障碍物，如模拟墙、打开的窗户、坑道、陡坡或阶梯。接触这样的障碍物会缩短它们适应不同环境的时间。它们学习越过每一种障碍物。服从性课程不是运动的组成部分。在没有通过适当的运动热身之前，绝对不能要求犬只通过服从性课程。

“一完成基本任务，它们就会回来找我们，就像在进行高级的一对一训练一样。”帕特里克·斯皮维说，“这时候，我的狗博德罗就像刚刚出训的新兵一样，我是它的教官。”

“实际上驯狗就像这样。”

服从性训练之后，到了进行更专业训练的时间，包括受控攻击性，攻击、搜索建筑物和开阔地区。同样来自官方战地手册的描述是：

在这一阶段，犬只要学会在不对其他人或狗表现出敌意的情况下安静地登上巡逻车辆；在建筑物或开阔区域找出疑犯或敌人；不受指令进攻正在攻击训导员的人；或在接受攻击命令或其他任务命令后，能够在任意时刻按照命令停止攻击。

高级训练体现了军犬和民间犬只训练的差别。“军犬之所以成为军犬，是因为它们所受的训练使它们能够克服典型的犬类表现。”乔尔·汤森说，“例如，在通过入口进入黑暗的建筑时，大部分狗会夹着尾巴躲开。训练有素的军犬会走进去，充当训导员的眼睛和耳朵，对建筑物内部进行侦查并适时向训导员示警。”

所有的狗都受过巡逻训练。在高级训练里，每只狗都会得到评估，确定它们是否擅长探测毒品或爆炸物。一旦获得认可，它们就会在所擅长的领域得到更集中的训练。

训练军犬训导员

不仅狗要在拉克兰基地接受广泛的训练，未来的军犬训导员也一样，他们在分配到第一只犬类搭档之前，也必须接受大量的培训。

“如果真想做一名军犬训导员，”技术军士兰德尔·尼尔森、第 6 保安中队犬舍主管说，“必须付出大量额外的努力，维护和军犬的关系更是如此。”

希望成为军犬训导员的军人必须符合严格的要求。他们必须是安全部队成员，必须拥有空军下士或更高的军衔，并至少在军队工作满 33 个月。

一旦入选，他们要参加拉克兰基地为期 11 周的军犬训练课程，学习如何控制军犬、如何和军犬一起工作以及如何理解犬类的行为。

“就像照顾一个三四岁的孩子,”麦克迪尔空军基地的训导员、技术军士丹尼尔·埃利斯说,“和这些狗一起工作,你每天都会有不一样的事情做。”

他们和退役的军犬结对训练,这些军犬大多有若干次实战经历和多年与各种各样的训导员相处的经验。

“拉克兰基地的退役军犬是你的第一个搭档,它们什么都能教你,”参谋军士泰瑞·梅西纳、一位有两年经验的驯犬员说,“它们有丰富的经验。”

筛选训导员和为这一项目挑选犬只同样重要,那么一个优秀的训导员需要拥有什么样的品质呢?不用说,训导员首先必须爱狗,并且拥有超人的耐心。他们还要有强健的体魄,能在困难关头跟得上脚步。

格里·普罗克特常说,一个优秀的训导员和一名能干的汽车修理工有同样特点。“他们有良好的直觉,工作勤奋且热爱自己的工作。”他说,“而且,训导员有着不同于常人的优势,那就是他们懂得如何和动物建立亲密联系。”

曾做过训导员的麦克·道林赞同这个说法:“如果有一个优秀的训导员和一只很棒的狗,这样的组合简直什么都能办到。”

但是,在起程参与部署之前有一个仪式,所有训导员都必须以接受者的身份体验他们的狗进入攻击状态时的感受。那就意味着使用扑咬衣的时候到了。

扑咬衣

“这种例行训练是每个人的最爱。”第 615 宪兵连训导员、参谋军士卡洛斯·帕尼瓜说。

对时常参观扑咬衣训练的士兵和平民来说，穿上扑咬衣担任志愿者是一种义务练习。我们往往认为这是一种可怕的体验，但事实上这项活动常常是所有参与者，包括假目标、训导员和旁观者共同的爆笑节目。

公共事务专家托比·怀特曾在阿富汗萨勒诺的一次训练项目里担任过志愿者。她一开始观摩了训导员和一个假目标的攻击训练。

在军事用语里，按照正式的军方战地手册，假目标是：

> 一个为了训练和评估军犬小组，扮演成它们的主要对手的人。假目标可以是一名疑犯、一个物体、一个攻击者、一个煽动者、一个醉汉、一个逃犯、一个敌人，或者任何军犬小组在执行军事警察任务时可能遭遇的人物。假目标也可以是中性人物或同盟，比如另一名宪兵、一个上级、一名迷路的青少年，

或者一个正在进行身份查验的无辜者。

怀特在训练开始之前已经有所了解，但还是被眼前的情景惊呆了。“一个助训员充当假目标，另一个在后面放狗追他。”她说，“一开始我很吃惊，因为假目标只在一只胳膊上戴了保护套，但他们是用这条胳膊吸引狗并让狗去撕咬的。他挥舞胳膊把狗甩开，于是那只狗就会认为猎物——在这里是那条胳膊，是活着的。如果助训员停止活动，那么狗会认为它是死的，也许会去纠缠别的东西。”

让军犬不对任何特定的人持成见很重要。事实上，战地手册上有明确的要求，穿扑咬衣的助训员要尽可能地多样化：“利用多个女性和男性充当假目标、煽动者和扮演嫌疑犯。如果有可能，让扮演者穿上平民服装、军装和不同国家的民族服装出现在受驯犬只面前。”

“第一次充当假目标可能很吓人，因为看到一只大狗向你扑过来，你会想：‘我该怎么办？’”艾琳·西姆斯说，“这需要时间适应。”

在怀特做过几次旁观者以后，助训员问她是否愿意为了新闻的真实性尝试一次。“当然！”她痛快地回答，然后穿上了扑咬衣。一般来说，自愿充当假目标的训导员只穿扑咬袖或上衣，但因为怀特不是训导员，他们递给她一套鲜艳的红色扑咬衣——能把她的身体完整地包裹起来，而且不只如此。

“穿着那个东西，我感觉自己走起路来就像一只企鹅。”她说。在接受了一些基本的指导和警告——比如要始终把手收在袖筒里，如果倒地，要把头像乌龟一样缩到衣服里面之后，她尽可能地做好了准备。

“他们第一次把狗放出来以后，我提心吊胆地跑起来，因为训练的目标是让狗追我。”她说，“但让我意想不到的是，训导员也一边跑一边叫：‘不许动，你这个人渣！’或者用威胁、愤怒的声音问我是否有武器。后来，他告诉我这样做是为了达到更好的训练效果。他们必须用愤怒的语气，这样在现场工作的时候，狗就会习惯那种语调。”

接下来，怀特体验了完全攻击模式。“他们叫我跑，好像我开始没跑一样，所以我就用那套企鹅装所允许的速度飞快地跑开了。”她说，“我跑开相当长一段距离后，助训员大声说：‘准备好，它来了。’那只狗力气很大，一下子把我扑倒在地上翻了个跟头。当然，训导员感到很滑稽，所以鼓励它继续。我几乎被那只狗拖着在训练场上绕了整整一圈，他们才把它拉开。”

“你愿意再来一次吗？”“当然！”她说，“整个过程里我一直想笑，但又觉得这样做可能不合适。”

曾经在德国海德堡第529宪兵连任军犬训导员多年的哈罗德·科里身上留下许多扑咬衣训练事故的伤疤，不用说，他时常充当假目标。“我喜欢这样做，”他承认，“没有什么比看着一只狗把一个人扑倒更刺激的事了。”

“被你的狗撕咬会让你体会身为嫌疑犯的感觉，就像我们在训练中互相使用泰瑟电击枪和胡椒喷雾一样。”兰利空军基地的一位军犬训导员、参谋军士加利·切尼说，“战术扑咬衣使这种训练变得更真实。军犬能感觉到嫌疑犯的痛苦，并知道该怎么办。”

天作之合

一旦军犬完成高级训练，就可以准备出发了。下一步是乘飞机飞往需要军犬的军事单位。有时候，来自新基地的军犬训导员会亲自挑选军犬。在回去之前，他们会花两周时间和选中的军犬玩耍来熟悉彼此。

“想办法让最合适的驯犬员和最适当的狗成为搭档，是这项工作从科学变成艺术的必要部分。”美国K-9侦测部门的训练主管布拉德·琼斯说。无论是在军队还是民间，狗和训导员之间的关系都是人类和犬类的自然属性碰撞形成的最优结合。喂养、锻炼、玩耍，把他们的癖好和性格调和起来。这个过程也能帮助训导员熟悉狗的个性，特别是它对某种气味和声音表示警觉的方式，比如抽动一只耳朵，或者几乎让人无法觉察地侧一下头。

在军队里，通常一个单位在需要专业搜索犬的时候，就会派一个军犬训导员来到拉克兰基地，挑两只狗，像玩约会游戏一样分别对两只狗进行简单的训练。经过在一旁监控的其他训导员的评估，结合训导员本人对每只军犬的感觉，哪只和训导员更合脾气——因此也能组成一个更好的小组的狗就和它的新训导员起程去往它的新家了。在那里，这对搭档在前往作战区之前，还要针对他们的任务进行更多的训练。同时，拉克兰基地那只落选的军犬和另一个潜在的驯犬员重复着同一道程序，直到某个人选中它。

“莱卡就像任何一个 21 岁的女孩子一样，按照狗的年龄算它是 3 岁。”第 2 宪兵营的军犬训导员马修·P·科布下士说，“如果它是人类，它一定会很疯。所以我一直很关心它，把它看成一个人类朋友，这样做使我们的个性能够协调起来。”

训导员和狗契合无间是至关重要的，“这些狗大多桀骜难驯，所以你不会希望它试图主导哪个人。”詹森·哈尼斯科说。

利安·魏戈尔德和阿基姆、一只 3 岁大的比利时马林诺斯犬一起工作。魏戈尔德了解这个熟悉期的方方面面。

“我们刚开始得到自己的狗的时候，要经过一个建立信任的时期，因为我的狗必须信任我，我也必须信任它。”她说，“我用了大约一周时间带着它散步，给它刷毛，陪它一起玩球，这只是初步和它熟悉起来。”

然后，魏戈尔德和阿基姆开始一起训练。“我们从简单的事情开始——跳障碍，钻地道，然后转到毒品或爆炸物等成分侦测，”她说，“然后我们开始进行巡逻或扑咬场景训练。”

不是所有进入训练程序的狗都要具备在威斯敏斯特全犬种大赛得大奖的遗传基因，一些狗甚至是来自动物收容所的流浪犬。嗅弹犬盖布是一只拉布拉多寻回犬，现在它是随军队在伊拉克前线服役的一流军犬，但在 2005 年获救并被送往拉克兰基地接受训练之前，它是一只在动物收容所生活的流浪犬。它和它的搭档、第 178 宪兵分遣队的参谋军士查尔斯·沙克在 2006 年被派往伊拉克，在伊拉克期间，他们一共进行了 170 次战斗巡逻。

盖布在服役期间的表现是如此优秀，使得它在 2008 年被美国养犬俱乐部授予了“年度英雄军犬奖”。

不间断的训练

军犬和训导员一旦结对，就会不间断地训练，即使在作战区也一样。

“从这时候开始，训练只会更多，”海军中士克里斯·汤普森说，“我们始终在寻求提高军犬水平的途径。”

“这些狗非常聪明，所以必须经常改变训练方法，否则它们就会识破这个游戏并做出错误的发现，”本杰明·柯林斯说，“它们会为了奖励假装发现了东西。”

军犬和它们的训导员常常一天要奔跑好几英里，训导员有时候会抱着它们的狗跑完最后的半英里，这是为了模拟他们的同伴受伤时的情况。军犬小组还要进行越障训练和其他保持军犬的纪律性和专注性的训练。军事条例规定，在常规职责以外，军犬训导员的安排还必须包括“每周至少4小时的巡逻能力训练和每周4小时的侦测训练”。

“训练是持续性的，所以能确保军犬感觉灵敏。”亚历克斯·M·里布军士说，“对军犬来说，工作就是游戏，因为它们不理解工作的概念。对它们来说，寻找那些临时提供的爆炸物是它们的游戏。”

所以，得到证书并不意味着训导员和军犬能松懈下来。“军犬必须维持95%的精确性才能保住认证，”乔纳森·比尔巴赫说，“这是它们必须维持的非常高的标准。我不知道有哪个人能同样优秀。”

“及时了解敌人的战略、技术和做法很重要，”布拉德·琼斯说，“我们和军队及国防部有着良好的关系。我们在现场的士兵一直帮助我们了解最新的情况。他们发回关于发现爆炸物的地点，发现的是什么，爆炸物的外观等信息。他们为我们提供有关敌人使用的爆炸物的类型以及他们是如何发现这些爆炸物等各种有用的军事情报，然后我再把这些情报转移到训练中。”

对于士兵来说，一些训练可能会很吓人。在汉斯科姆空军基地进行的一场训练示范课里，莱安·阿瑟诺奉命脸朝下趴在地上，一只体重70磅的攻击犬站在他的大腿之间。这只狗所受的训练是只要他稍微一动，就立刻展开攻击。“可以想象得出，那场面相当吓人，”他面无表情地嘲弄说，“我不知道你，但我可不愿意冒险让一只军犬在这里来一口。”

军犬和训导员一旦被派往新的岗位，往往要进行更多的专门化训练，以适应他们可能不熟悉的地区，如丛林和沙漠的独特挑战。

在越南，这样做是很有必要的，“因为莱溪周围的地区和湄公河三角洲地区不一样，这里有大量的水。”在第41排担任教官的杰克·C·拉塞尔军士说。许多巡逻犬能侦测到敌人藏在水下，如果一个越共士兵藏在水下用芦管呼吸，军犬能够轻而易举地把他嗅出来。

杜　克

罗伯特·威拉德·哈特索克1945年1月24日出生于马里兰州的坎伯兰，曾随同第44巡逻犬排参加越战。他的搭档是一只名叫杜克的德国牧羊犬。哈特索克是美军历史上因为拯救战友和军犬的生命而获得荣誉勋章的唯一一个训导员。

1969年2月23日，越共袭击了厚义省油町县的美军基地，那里驻扎着好几个单位，包括哈特索克所在的巡逻犬排。迫击炮和枪声包围了整个营地和犬舍，大规模的交火持续了9个小时。官方荣誉勋章的嘉奖令里是这样描述哈特索克的事迹的：

因为引人注目的勇敢和无畏，参谋军士哈特索克在作战中将自己的生死置之度外，在担任第44巡逻犬排部门负责人期间战功卓著，体现了超越其使命的大无畏精神。在油町基地营遭到敌人沉重的炮火和火箭弹袭击的时候，参谋军士哈特索克和他的排长发现敌人的一个工兵队在未被觉察的情况下潜入了营地。由于认识到敌人的目标是旅级战术指挥中心和附近的战俘营，尽管实力悬殊，他们还是隐蔽起来，等着敌军士兵接近。

在敌人几乎来到他们跟前时，参谋军士哈特索克和他的排长向敌人开了火。一名受伤倒地的敌人拉响了身上的炸药包。为了保护战友，哈特索克舍身扑向炸药包，身负重伤。

哈特索克和杜克在战场上巡逻。

摄影：约翰·博纳姆

参谋军士哈特索克不顾自己的伤势，爬行5米来到一个壕沟里并提供了压制性的火力，把敌人牢牢钉在原地，使他的长官得以寻求掩蔽。哈特索克继续着他致命的火力，直到因为伤势严重而牺牲。

参谋军士哈特索克非凡的英雄主义和对战友生命的深切关爱符合军人的最高传统，并为他自身、他的部队和美国军队赢得了巨大的荣誉。

根据《士兵最好的朋友》(*A Soldier's Best Friend*) 一书作者约翰·C·博纳姆的记录，军犬训导员们成功地保卫了基地的犬舍，杜克和所有其他的军犬都在9个小时的战斗中幸存下来。

哈特索克牺牲时年仅24岁，葬于马里兰州罗基加普退伍军人公墓。

参谋军士克里斯塔·夸姆抱着一只即将进入拉克兰空军基地军犬项目的小狗。

美国空军图片 / 摄影：克里斯托弗·格里芬

第六章

装备起来

犬用眼镜。降温背心。在粗砂砾和沙子路以及能够在几秒钟内煎熟鸡蛋的沥青路面上保护柔软脚掌的犬用靴。固定在防弹背心上，位于肩部正中的高科技红外线摄像机，通过无线连接把音频和视频从狗的视角实时传送到后方。

尽管这些装备采用了高科技，它们的目的却都是为了帮助军犬更好地利用它最重要的武器——鼻子。

“很多人说：‘它们不过是狗而已，为什么需要那些装备呢？’”2005 年曾随军队驻扎在阿富汗的迈克尔·托马斯说，“这些军犬是团队的一部分，像团队里的其他任何人一样需要保护。”

“我们需要像保护人一样保护我们的军犬，”参谋军士贾罗德·扎列斯基、驻伊拉克的军队犬场主管说，“这仍然要考虑到战争状态。”

“我们所能采取的保证它们安全的一切措施都是非常值得的。”达伦·史密斯军士、一位和一只叫卡斯托尔的比利时马林诺斯犬搭档的宪兵说。

不过，像它们两条腿的伙伴一样，军犬有时候也会拒绝改变。史密斯说，几年前，卡斯托尔在习惯比常规防弹背心有所改进，但重量增加一倍达到 8 磅重的迷彩色凯夫拉防弹背心之前，曾经有过一段挣扎。

这种新式背心改变了狗的重心，使它们走起路来有些困难。

军犬索罗在西南亚佩戴着太阳眼镜休息。

美国空军图片 / 摄影：空军下士拉奇莎 · 克劳利

辛迪在北达科他州的大福克斯空军基地炫耀它的靴子。

美国空军图片 / 摄影：参谋军士斯科特 · T · 斯图尔克

"它走路的时候还是有点笨拙,但它变得越来越适应。"史密斯说。穿上防弹背心后，尽管卡斯托尔的头、脖子和四肢仍然容易受到攻击，但躯干可以得到有效保护。

"如果有人能为狗做一个头盔，那我们就开心了。"扎列斯基说。

卡伊罗在突袭本·拉丹住所时所使用的防弹背心，从技术上说，比起卡斯托尔的防弹背心是一个飞跃。卡伊罗的防弹背心是入侵者犬用背心的一个变种，它来自为军队和警用犬只提供防弹背心和防护装备的加拿大 K-9 风暴公司。K-9 风暴公司也制造犬用的航空嵌入式背心，这种背心允许狗和人串联起来执行跳伞任务。这家公司还制造袭击背心，这是一种特别设计给监狱犬使用的防护背心。根据这家公司网站上的说法，监狱暴动 1 号背心能够"抵御冰锥每平方英尺 37 磅力的穿刺攻击……设计用于割、刺威胁比枪弹威胁更普遍的环境"。

卡伊罗的防弹背心价值 2 万美元，并配备有红外和夜视摄像机，一个 3 英寸监视器，所以它的训导员可以从它的视角看到画面;一个双路音频界面，可以使它的训导员听到声音并向一个耳机发出指令——摄像机和音频的有效传输距离达到 1000 码。同时，这件防弹背心还内建一个特殊的索具系统，允许垂降、拉高、放低和跳伞。

它还具备防水功能。令人难以置信的是，这件背心仅重 20 盎司。

K-9 风暴公司是这样产生的，温尼伯市警局的前任驯犬员吉姆·斯莱特和他的德国牧羊犬奥拉夫曾在 1996 年卷入过一场持续两天的监狱暴乱。斯莱特认为自己照顾自己没问题，但他很不放心奥拉夫。毕竟，暴乱的犯人使用的是自制的粗糙武器，奥拉夫是更容易对付的目标。

“它总是冲在我们前面，”斯莱特说，“我意识到如果它被一把螺丝刀捅倒的话，那对它来说将是一种很糟糕的受伤方式。”

等骚乱平息下来之后——谢天谢地，奥拉夫平安无事。斯莱特的工作恢复了常态，但他再也不希望以后发生类似的情况，让自己的好搭档处于危险的境地了。所以他给奥拉夫设计和制作了一件适合它的体形的防弹衣。其他同样希望保护好自己搭档的驯犬员见了这件防弹衣，也开始要求斯莱特为他们制作防弹衣。

你走了很长的路，孩子

在第一次世界大战期间，人们为了让白狗融入所在的战地环境，特意把它们染成了黑色，因为那时还没有按照标准毛色和外观来繁育狗的品种。人们现在挑选军犬不仅要看狗从血统里继承的力量和智力，也要考虑它们不易引人注意的棕色或黑色皮毛。

盎司

ounce，既是重量单位又是长度单位。作为长度单位时，1 盎司代表 PCB 的铜箔厚度约为 36 微米。作为重量单位时，1 盎司 = 28.3495 克。

它们的装备必须实现同样的效果。

在最低限度上，今天的军犬会配发两个颈圈：一条是标志军犬不当值的皮颈圈，另一条是表明它处在工作状态的安全索。

因为军方仍然把军犬列为军事装备，政府很久以前就习惯确保每只军犬都有适当的身份标记，以防它们被盗或丢失。在二战期间，军犬的左后腿内侧被刺上一个被称作普勒斯顿烙印的编号。一般来说,这个唯一的身份标记是一个字母加两到三位数字。在越战期间，习惯上在军犬的耳朵内侧刺上这个编号，不幸的是这种做法使它们成了越共的目标。他们为一只刺了编号的军犬耳朵支付相当于 2 万美元的悬赏；相比起来，一块从外套或内衣上取下来的带有部队番号的布片只值 1 万美元。这证明了军犬的价值——以及它们多么令敌人恐惧。

今天，正如许多民间的狗和猫一样，军犬身上被植入了微芯片，军营附近的流浪猫狗和生活在基地的军事人员豢养的宠物也一样。事实上，政府土地上的任何动物都被植入了微芯片，为了照顾这些士兵们在转移或部署后，因为不能带动物去新岗位而被抛弃的狗或其他动物，政府已经投入了上万美元。

“它们不会离开，”路易斯安那州波尔卡堡警备司令部军士长瑞奇·L·琼斯就是不得不遗弃自己宠物的一位士兵，他说，“不是因为不信任别人，而是因为身上带着芯片，无处藏身。”

这些芯片也可以帮那些处在遥远前哨的兽医轻而易举地获得军犬的医疗记录。

关于毒气攻击的防护，又是什么样子呢？在第二次世界大战的时候，军犬小组曾经给军犬使用过防毒面罩，但结果证明这是个糟糕的主意，因为防毒面罩限制了军犬的两个最具价值的能力：嗅觉和攻击能力。后来第一次海湾战争开始的时候，因为有严重的化学战争威胁，军方下发了防范化学武器攻击的犬用斗篷，并计划在攻击发起后把军犬用飞机运出战争区域。一个军犬部队还为各个小组装备了阿托品（阿托品是从颠茄和其他茄科植物提取出的一种有毒的白色结晶状生物碱 $C_{17}H_{23}NO_3$，主要用其硫酸盐解除痉挛，减少分泌，缓解疼痛，散大瞳孔），作为神经毒气和化学攻击的解毒剂。

装备更新

正如士兵会定期得到基于新技术、新的安全性升级和新材料的新式装备和制服一样，军犬也是如此。更新装备有时候是必要的，这不仅因为在特殊地区工作或执行特别任务的危险性，也是为了应对新威胁的需要。比如说，在 2005 年，阿富汗的军犬换发了无疑是更进一步的新型号的防弹衣。

“这些防弹衣是军犬原来使用的防弹衣的升级产品，”迈克尔·托马斯说，“以前的防弹衣只能防刺，在国内执行任务时很好用。但是，在这场部署中它们面临着另外的危险，所以它们现在穿的防弹衣不仅防刺，也防子弹。”

“这些防弹衣是军犬唯一的防护，”和托马斯一起工作的犬舍主管、陆军上士埃里克·戈登说，“它们总是冲在训导员前面，这是一个‘在它们抓到你之前先抓到它们’的问题，所以防弹衣才这么重要。”

这些防弹衣也允许军犬携带它们自己的装备，包括加温和降温包等，为训导员减轻负担。“这种防弹衣为我们执行任务提供了很多便利。”戈登说。

因为世界各地的基地里不断增加的军犬数量，犬舍和军犬及训导员一样需要改造和更新。另外，改进的建筑和建造技术也使许多旧犬舍显得黯然失色，同时新建犬舍常常比翻新旧犬舍更为便宜。

第 386 海外土木工程兵团驻扎在亚洲西南部的一个空军基地里，那里作为补给地点和来往波斯湾地区的部队的经停点，是军方的一个重要中转站。所以，很多军犬小组在出发赶赴另一个基地或回国时要在那儿逗留几天。

升级现有的犬舍势在必行。采用新的结构，能够容纳 25 只军犬在中转期入住；以前的犬舍只能容纳 8 只，多出来的得和训导员一起睡帐篷。那不是不行，但有一些问题，包括军犬可能会因为空调出故障而过热，或者这些只认训导员一个人的狗在和帐篷里的其他人或访客相处时可能发生意外。

“现在，如果室温上升到27度，警铃就会立刻响起来。”第386远征保安中队犬舍主管、前任技术军士马修·雷布霍尔兹说，“从我到这里起，他们已经听到过一次，那一次犬舍里有两只军犬，它们的训导员在气温升高之前把它们带到了帐篷里。”

在阿富汗巴格拉姆空军基地，那里的犬舍主管也遇到了同样的问题，尽管他的解决方案有点经验主义。

因为没有足够的房间容纳所有的军犬训导员和军犬，技术军士德鲁·奥德尔申请使用基地一侧的一片空地。他想把那里作为永久性设施建成之前的临时住所，供军犬小组居住和训练之用。他把这个想法告诉上级和军犬训导员之后，很快获得了建造许可。

为了造这座建筑，需要进行全体动员，因为土木工程和建筑单位早已排满了任务，所以奥德尔自己设计并征用军犬训导员从旁协助，其他单位有时间或多余材料时也来提供帮助。

“尽管我们的设想是把它作为一个临时设施，但我们在开始建造的时候投入了很多关于未来的考虑，尤其对狗屋。”奥德尔说，“地板必须能承受6座犬舍，每座犬舍重约3100磅，包括狗和任何进入里面的人员。”

钛牙 = 超级军犬？

在一条关于海豹六队一只军犬的新闻刊发后不久，关于那些钛金属牙齿的谣言开始传播开来，现在是揭开真相的时候了。谣言里说的是所有的军犬都有钛金属牙齿，或者至少那些精英训练小组的军犬。

至少有一位牙医称这个谣言是无稽之谈。偶尔会为军犬做牙科手术的牙科学博士罗伯特·L·恩格尔迈尔是一位曾在越南服役的退役空军上校，现在在匹兹堡大学牙科医学系口腔修复科担任教授。

他说，如果现在有牙医用钛为军犬制作齿冠，他会感到很惊讶。“纯金属钛尽管坚固，但很不耐磨。”他提到，近几年他为几只狗做的牙齿修复手术用的是一种叫做蒂克尼姆的合金，这个品牌的镍铬合金并不含钛成分，“这是一种常用于制作可摘除局部义齿修复框架的硬得多的合金。”在越南的时候，他从未想过用合金以外的材料为狗补牙，因为他对人也是采用同样的方法。

“他们不可能使用钛金属牙齿让军犬变得更有攻击力，”为军队、警方和个人训练侦测和巡逻犬的眼镜蛇犬业公司的杰夫·富兰克林说，“它们并不像正常的牙齿那样稳定，在撕咬的时候很可能会掉下来。这样做是有害的，并不是帮助。”

的确，连美国特种作战司令部也直言不讳，在一份向眼镜蛇犬业这样的公司询价的联邦报价邀请函里这样写道:“军犬的全部四颗犬齿必须完全，不能有缺口、釉质增生或不正常的过分的磨损。”

但是，一个私人驯犬人声称，他为他驯养和出售的德国牧羊犬植入了钛金属牙齿，尽管军方并不在他的客户之列。这位驯犬人叫亚历克斯·邓巴，是一位海军陆战队退役军士，向私人出售用于个人安保和家庭防卫的犬只。

犬舍主管

必须有人管理所有的设备，照管犬舍，确保军犬和军犬训导员获得需要的东西，如食物、供给品和玩具以及为每个有关的人安排日常工作。这就是犬舍主管的工作。在很多情况下，犬舍主管是从前的军犬训导员或助训员，所以他们对这项错综复杂的工作有着丰富的个人经验，完全懂得军犬和训导员的需求，能够对需求进行预先安排并快速作出反应。犬舍主管也要规划基地内的军犬小组和外出执行任务的军犬小组，以及在助训员和训导员遇到问题时援助人员的工作安排。

以军犬食品为例，这是一些来自官方军犬战地手册的规定:

军犬需要的食物和宠物狗有着显著差异。军犬的工作需要更高水平的能量和数量更多的基础营养素。标准高性能饮食符合这些营养需求并是唯一通过军方许可的食物，除非主治兽医有另外的指导。

犬舍主管（和兽医队值班兽医）也负责安排喂养每只军犬的时间。这取决于军犬的任务安排和其他军犬的活动。军犬应该有两小时的进食时间；其吃剩的食物要在接下来的两小时内处理掉，食盘清洗干净并放回原处。绝对不能把剩下的食物留到规定的进食时间之外。如果军犬在进食时间结束之前吃完食物，可以移走食盘。

第387远征军安全中队犬舍主管、空军技术中士大卫·雷维斯曾担任过助训员和训导员。这是他第18次参与部署，但也是在他15年的军旅生涯里，头一回没有军犬搭档相伴。“我要确保所有的军犬小组都得到适当的安排，所有的基地人员和资源都得到它们每周7天、每天24小时的保护。”他说。

他的职责有时还包括噩梦般的夜间转移，把设备，包括军犬和训导员以及他们需要的任何给养从A地转移到B地。训导员仰仗犬舍主管的能力，毕竟军犬小组的人员必须处理两倍于他们的非训导员人类战友的给养和装备。在日程安排上，他们也需要更多的时间，因为要把军犬在飞机上安置下来，并确保军犬一路上过得舒适。毕竟，军犬不能被当成武器、设备或货物对待。

幸运的是，当这些军犬小组在赴伊拉克或阿富汗途中，来到第 386 空军远征军基地中转的时候，这里有大量人员专职在他们起飞前提供协助。成立于 2008 年的基地军犬中心也为军犬小组进出伊拉克和阿富汗提供了便利。当部队被临时派往其他地方时，这个中心比起从前的安排来说是一个巨大的进步。

“一开始，军犬小组去战场基本靠自己，”在中心工作的厄尔·沃姆利军士长说，“他们带着命令来到这里。但随着时间的推移，把这些小组送到目的地的运输工作变得越来越繁重。”于是他们成立了一个 24 小时工作的联络官小组，照顾这些转移的军人，避免出现拥堵状态。

“我们载上他们，回到这里等候安排。”中心的一位联络官、技术军士迈克尔·库尔特说，“我们把他们安置好，给他们安排住处，把他们的武器保管起来，然后通过电脑给他们安排飞机。”他和沃姆利都认为，如果联络官本人做过军犬训导员或助训员的话，不管对军犬还是训导员来说都有好处。

“作为一名军犬训导员，我本人也曾经在进出战区的时候和军犬一起经历过两次中转。看到这些军犬小组来到这里，特别是那些第一次出征的军犬训导员带着一副‘我迷路了’的表情走下飞机，让我感到很亲切。”沃姆利说，“当他们看到有官员在这里迎接并向他们致意时，他们的表情变成了‘哇！有人在这儿真正帮助我们呢’！自从我们采用这个做法后，中心变成了一个能够舒缓他们紧张神经的地方。他们回来的时候也一样。他们总能找到能够协助他们解决问题的人。”

比如军犬训导员兼参谋军士约书亚·格尔曼在从第822保安中队部署到穆迪空军基地途中在中心中转的时候，对他自己和他的军犬所受的款待印象深刻。“执行任务前压力很大，他们为我们提供了一定的舒适度，”他说，“这使我们在精神上和感情上做好了前进并完成使命的准备。”

雷克斯

1971年，罗伯特·L·恩格尔迈尔正在越南的一个空军基地担任牙医。一天，他的室友、在部队做兽医的维克·安斯波，带着一个不寻常的请求找到了他。

维克很沮丧，因为他的上级坚持对一只名叫雷克斯的军犬执行安乐死，因为它最近体重减轻了13磅，而且不能啃咬，而它的主要职责是充当哨兵犬。资深兽医对它的诊断是肾衰竭，但维克认为这只狗体重下降那么多是因为牙疼。他希望恩格尔迈尔为它检查一下。

往雷克斯嘴里一看，恩格尔迈尔发现这只狗下颌的两颗犬齿都断了，甚至露出了牙髓。难怪它瘦了那么多，因为牙疼使它无法进食。

恩格尔迈尔开始准备，因为上级的命令是给这只狗执行安乐死，所以这场手术必须秘密进行。另外，在当时人类的牙医为狗做手术还是一件非常新奇的事。恩格尔迈尔和维克一起把麻醉机从兽医诊所推到牙科诊所，因为手术要在这里做。

“两颗牙齿的位置和我过去手术中的习惯不一样，但牙齿在解剖学上是完全相同的。”恩格尔迈尔说，“我处理了两颗折断的犬齿齿根的内容物，做好了安装齿冠的准备。雷克斯下颌的一颗三尖齿有一个不可修复的很大的空洞，所以我拔掉了那颗牙。这颗牙是我的职业生涯里最难拔除的一颗牙。中间一度因为麻醉程度不深，雷克斯打起了哈欠。不用说，我把手术台清出了4英尺大的空间。”

手术很成功，接下来的任务是两周后安装齿冠。

雷克斯失去的体重正在逐渐恢复，并开始继续训练以便重新回到工作岗位。恩格尔迈尔借助在诊所图书馆里找到的一本犬类解剖学书籍准备齿冠。但在着手铸造齿冠时，他面临着一个两难困境。

“我从没想过使用黄金以外的任何材料，”他说，“毕竟，我接受的训练就是这样。我们诊所实验室的技术员拒绝和这件事发生关系。”但在那个时候，基地里的人都得知了这件事，除了那位资深兽医——但他同意在手续完备的情况下提供两盎司的黄金制作齿冠。恩格尔迈尔毫不犹豫地填写了必要的表格。

“我用了雷克斯的服役编号，按照它的军衔填了空军一等兵，全名是雷克斯·哈里森，并大胆地在表格上签了字。”恩格尔迈尔说。当天晚上，他就铸好了齿冠。他和维克再次把雷克斯偷偷带进牙科诊所，为它安装了齿冠。不久后，雷克斯就恢复了工作。

“我想，这是一个我有照片可以证明的有趣的故事。”恩格尔迈尔说，“但是，我当时是个天真的年轻上尉，我还以为自己能让两盎司黄金从军队医疗室里不为人知地消失呢。”

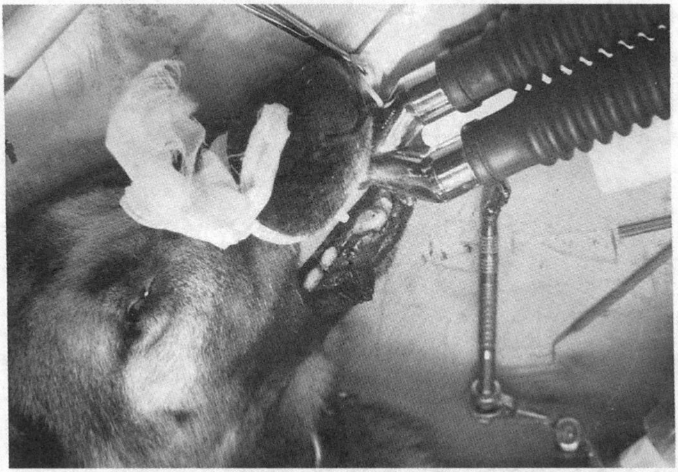

雷克斯正在接受牙齿手术。

摄影：罗伯特·L·恩格尔迈尔

没过多久，恩格尔迈尔就因为伪造文件和违背直接命令被上级叫到了办公室。“莱文沃思”这个词也传播开了。但最终恩格尔迈尔得到的唯一惩罚是口头批评。

“雷克斯得救了，也救了我，”恩格尔迈尔说，“雷克斯回到了工作岗位，所以就不会有莱文沃思。但由于我的非常规获取黄金的方式，也不会因为救了它而得到任何褒奖。但是雷克斯镶了金牙的样子看起来真的很酷。”

莱文沃思

堪萨斯州莱文沃思是美国军事监狱所在地，此处代指军事监狱。

玩耍中的比利时马林诺斯犬幼犬艾艾梅，旁边是共同抚养它的莎伦·维特尔和军士长唐·弗雷米尔在检查文书。

美国空军图片/摄影：罗宾·克雷斯维尔

第七章 兽医护理

正如你所想象的那样，军方非常注重陆军、海军和空军士兵保持一流的体形，无论他们是在国内基地工作还是被派往作战区域。

同样的原则也适用于他们的四足战友，并且要求也许会更严格，因为有些人说一只军犬能轻松完成十个人的工作。一旦一只军犬和它的训导员成为一个部队单位的组成部分，这个单位会很快学会依赖他们。如果他们缺勤哪怕一天，就会让人产生空虚的感觉。在很多案例里，军犬遭遇伤病困扰的话可能会使整个部队单位处于危险状态。

“军犬被视为士兵，所以如果它们受了伤，我们会力所能及地停止它们的任务并尽快将它们送去救治。”第101空降师参谋军士克里斯托弗·F·麦克莱斯基说。

托德·M·托马斯少校、加利福尼亚29棵棕榈村海军陆战队地面战斗中心的西区外科主治医师对此表示赞同，“如果一只军犬因伤病而不能参加战斗，那就意味着这个小组不能参加战斗，这个军犬训导员或许不得不挑选和训练另外一只军犬。”这就不仅要密切关注军犬健康，也要做好一旦出现哪怕最轻微的症状，也要赶快行动的原因，这样做能够最大限度地保障每个人的利益。

这一原则即使在越战时也适用。“那些狗的待遇比我们都好，"海军陆战队的军犬训导员卡尔·格罗斯说，"它们是第一位的。我们执行任务回来后，在我卸下装备前的第一站是兽医室，这是为了让军犬首先接受检查。"

最近，第 3 步兵团 K-9 部门的军犬训导员兼专业军士马修·卡洛尔的搭档，一只叫杰戈的 5 岁德国牧羊犬生了病。"它不吃不喝，变得嗜睡。"卡洛尔说。他立刻把狗带到了基地医院，让通常给人治病的医疗人员诊断，这是作战时期的常见做法。杰戈没有好转，卡洛尔带着它乘飞机去了附近的兽医机构那里，杰戈被诊断出患了上呼吸道感染。在进行药物治疗和休息之后，杰戈和卡洛尔重新回到了工作岗位。

"对它们尽快进行治疗非常重要，"卡洛尔说，"真的，因为它们不能告诉我们哪里出了毛病。我们看起来的小毛病对它们来说可能极其严重。"

杰戈接受治疗的地点在杀手营，那里有一个兽医诊所，提供定期检查、接种疫苗的服务，同时也治疗受伤的军犬。诊所的人员把送医的伤犬分成三等。第一等包括趾甲断裂之类的小伤，需要专门设备治疗的伤势被划为第二等，而第三等则更加严重，常常需要做手术或进行其他更复杂的诊断。在后一种情况下，杀手营的兽医常常把军犬转移给基地外的兽医，拉克兰基地或更大的军队兽医机构。

棕榈村
美国加利福尼亚州地名。

杀手营的兽医诊所是美国军方兽医兵团的一部分，这个兵种包括大约 800 名兽医和动物护理专家，以及在全世界的军事基地和临时设施工作的兽医技术人员。在治疗军犬之外，他们也为与军方有合作的机构的犬只提供医疗服务，同时也负责训练军犬训导员和管理人员对军犬进行急救,医治灾区的动物,并为现(退)役军人所有的宠物提供医疗服务。

军队兽医的一个鲜为人知的任务是通过检查食物处理设施、屠宰场或为海外基地和营地供应食物的农场和运输过程的方方面面，以监控海外军犬食物供应的安全。一些兽医师认为战区的食品检查任务占用了他们大量的时间，对了，他们的任务还包括检查美国救援包里的人道主义物资和口粮。

他们还要承担检查所有军队餐饮的食物，决定某种物品的保质期有多长，或者什么东西还没有变质、什么东西可以扔掉的工作。他们检查的不仅有运输食物的卡车，也包括军用即时口粮——前线部队的主要食品。在执行食品检查任务的时候，这些兽医人员往往终日四处奔波。

“我们真正可以说是身兼数职，”兽医团首席助理、兽医学博士马东纳 · 希金斯中校说，“我的工作丰富多样，几乎很少有休息的时候。”同时，在他们救治军犬的时候，花在小问题上的时间比花在威胁生命的病情上的时间要多得多。

“我们看到的遭受灾难性重伤的军犬比你们想象中少得多,”国防部军犬兽医部门主管、兽医学博士、陆军上校凯利·曼恩说,“我们处理的绝大多数事务是外伤、撕裂、深度耳道清洁等。它们所处的环境基本上等同于士兵所处的环境。”

令人意想不到的是,他们遇到的最多的病情是过敏。有时候,军犬进入之前它们从没接触过的环境时，会出现对一些物质过敏的情况。“我天天遇到对这里的环境过敏的动物。”负责关塔那摩湾基地的兽医分遣队官员斯蒂芬妮・霍尔中尉说。军队兽医还负责每月记录他们治疗的每一只军犬的体重。无论什么时候一只军犬被转移到另一个基地或被派往海外，兽医都必须为它进行认真的检查，并为它所去的州或国家签署健康证明。

“因为大部分军犬不是德国牧羊犬就是比利时马林诺斯犬,因此有一些不得不留心的特定品种的常见疾病。”第 380 空军远征联队的兽医兼公共卫生官南希・莱斯特上尉说。这些疾病包括髋关节发育不良、皮肤过敏和皮炎、心肌症等。

有时候，军队兽医还会应征执行一些不平常的任务，包括参与政府活动或保护联邦人员。例如，2008 年秋天，在圣保罗举行的共和党全国大会上，大约有 100 只军犬和警犬在现场执行安保任务。当然这些军犬也需要有人照看，因此三位兽医团的动物医护专家昼夜关照着这些执勤的狗。他们的任务主要包括处理在粗糙道路上行走的柔软的脚爪，查看是否有过热的迹象等。

一般来说，在军犬训导员和军犬接受部署之前，兽医人员也必须教会他们如何为军犬实行急救。在布莱格堡大西洋兽医中心工作的兽医技术员、专业军士帕特里夏·麦柯迪很享受在一年一度的军犬急救培训课上用绳子向军犬训导员示范的过程。“这次培训的目标是确保所有参与部署的人员掌握正确为自己的狗插入导管的方法。”麦柯迪说。

她特别喜欢用一只被称作“援救杰瑞”的假狗，在整个过程中指导军犬训导员。“最后驯犬员不仅仅用假狗，还要在他们的狗身上做练习。”麦柯迪说，“因为完成部署后，离他们最近的兽医诊所可能在任何 50 到 100 英里以外的地方，无论军犬受了什么伤，通常都需要用导管把流体输进它们体内。

“把导管插入活狗体内有时候很困难，”她补充道，“但为了在战场上挽救狗的生命，就算再难这个人也必须承受。”

尖端手术

在多数情况下，军方兽医的技术要比民间先进得多。

比如，为了确保所有的军犬活得尽可能久并尽可能健康，兽医队采用的一种做法是给它们实行一种叫做胃固定术的预防性手术，防止它们患上胃扩张肠扭结综合征。这是一种具有潜在致命性威胁的疾病，俗称胃气胀或简称GDV，其症状是胃扭结并膨胀，不仅阻断供应其他器官的血流，同时也导致胀气。GDV常见于大型犬，正是在军犬中占据多数的犬种。

“这是军犬里排名第一位的可预防的致死疾病，”托德·托马斯说，“在国防部每年死亡的军犬里面，和GDV有关的占9%。我们只给健康军犬做这种手术，这样做是用预防代替紧急治疗。”

典型的胃固定手术需要两个小时，兽医队向兽医和军犬训导员建议，最好在军犬服役后的前两年进行这一手术，以减少在现场工作中患病甚至死亡的几率。

有趣的是，对军犬很少实行的一种外科手术是阉割。但一般来说，所有雌性军犬都做了卵巢切除手术。国防部声明，兽医队的官员“仅因为医疗相关的原因对军犬实行阉割”，这些情况包括睾丸癌、良性肿瘤或其他疾病。

小狗的沃尔特·里德

考虑到过去十年间全世界军犬数量的高速增长，大型军犬医疗中心的增加也是情理之中的事情了。

为了服务在拉克兰基地受训的犬只和在海外受了重伤的军犬，拉克兰基地在2008年用一座造价1500万美元的新式兽医院代替了原有的一处已经老旧的设施。这座最先进的医院取名霍兰

沃尔特·里德

Walter Reed，此处指美国沃尔特里德陆军医疗中心。

德军犬医院，以2006年春天在巴格达附近牺牲的一位兽医——陆军中校丹尼尔·E·霍兰德的名字命名。

在这里，兽医和技术人员能够治疗超过900只犬类，从出生刚一天的小狗崽到它们作为基地繁育项目组成部分的狗妈妈，还有那些从伊拉克和阿富汗战区飞回德克萨斯的受了重伤的军犬，它们在战场上接受了紧急护理，然后再被送到这里或德国的兽医机构接受进一步的治疗。如果需要特殊治疗，一只军犬可以在72小时内从全世界的任何地方回到拉克兰。

“我们是兽医界的沃尔特·里德。”霍兰德军犬医院院长、鲍勃·福格尔桑上校说。事实上，新医院的医疗手段和设施比原来的老医院要先进得多。福格尔桑说，那些首先在这里治疗，然后在军犬中心恢复的军犬，往往能够重返战场。

的确，霍兰德医院设施完备，技术先进，这里拥有不逊于任何人类医院的医疗设施。除了一间特护病房和供训练有素的兽医师实施一系列外科手术的完整的手术室外，这里还有核磁共振室、现场实验室、数字化X射线设备和CT扫描设备，以及一座设有水下跑步机和健身球的特别康复设施。这里甚至还配备了一位兽医行为治疗师。

在服役 6 个月后，皇家空军军犬威士忌正在和它的训导员、技术军士克里斯·比弗斯休息。威士忌因为健康原因退役。

美国空军图片 / 摄影：飞行员佩里·阿斯顿

兽医

尽管致力于和动物一起工作的人可以称得上独特，但决定只和军犬一起工作的人则显得更为特别。然而，现役和预备役兽医及动物技术人员都有可能随时受到征召。对后者而言，赶赴国外执行期限不定的任务，可能意味着从前繁荣的个人兽医事业在服役期结束后将不复存在。

尽管如此，许多军方兽医还是宣称他们不会选择其他的道路。曾在伊拉克驻扎过多年的兽医学博士兰道尔·汤普森中校已经在军中服役 20 年，在最初的个人兽医生涯结束后，他曾经分别在 8 个国家和 5 个州工作过，他计划一直服役到满 30 年后被强制退役。

他说，他享受工作的最大原因是因为他的工作能够提高军犬的生活质量。“看着这些神奇的军犬所接受的医疗保健水平，见证着它们对在伊拉克的陆军、空军和海军陆战队以及联合军队的积极影响，这一切无疑是令人高兴的。”他说，“我们让这些军犬工作一天，它们就能找出不知道会杀死多少无辜平民的爆炸装置。它们的训导员对这些军犬所表达的赞赏是毫无保留的。在我的兽医生涯里，这是我所做的回报最高的工作。”

被部署到国外的军方兽医会发觉，他们的工作环境和霍兰德大不相同。“伊拉克的兽医和 20 世纪 50 年代的美国一样，”脱离预备役军人行列之后，在田纳西蒙提戈开业的兽医学博士休·霍奇斯上校说，“那里的狗和猫就像美国的臭鼬、浣熊和负鼠。它们都是野生的；它们不是宠物。它们在那个国家毫无价值。”

关于驻扎在海外的生活，另一些兽医补充说，他们感激这个使他们协助教育其他国家兽医的机会。毕竟，一个鲜明的对比是，军方兽医为军犬采用高技术兽医学治疗方式的地方，往往是本地犬只的生活水平极为低下的地方。在一个缺乏小动物医疗机构的地方，这种差异完全可以归结为思维定势。

安吉拉·K·帕克上尉，一位曾在2006年驻扎于伊拉克的兽医，在为本地区的几百只军犬和整个伊拉克转诊的另外几百只犬只提供医疗服务的时候，常常对工作中遇到的挑战感到苦恼。最大的挑战是什么？“我得说是被派到一个遥远的不发达国家行医。”她说，“那里没有昂贵的尖端设备和补给品可用，甚至节育也是个问题。这可不像跳上汽车，到当地诊所看病那么简单。”

但她仍然喜欢自己的工作。“海外部署期的挑战正是乐趣所在，并能提高你在不理想的环境下随机应变的能力。”她在压力下学会了如何应付这里的新情况。

她的同事兰道尔·汤普森也承认，每一天都能遇到新情况。一个典型的24小时工作周期会包括评估几只狗的骨骼矫正状况、管理疫苗接种和签署国际健康证明。“耳朵、皮肤病和腹泻是常见病，中毒、胃肠异物、牙科护理、撕裂伤、骨折、热损伤以及罕见的和战争相关的伤情。”他说。

换句话说，这项工作绝不无聊。军队兽医会义无反顾地走上这条路。

牙科护理

考虑到军犬牢牢咬住敌人胳膊时产生的每平方英寸 200 至 450 磅的咬力，说犬类士兵最重要的武器是它的牙齿是不会有人持相反意见的。军方的态度是，要不惜一切代价保护它们的牙齿。

“巡逻犬要有咬人并阻止他们逃走的能力。”第 218 医疗分遣队的牙医伊丽莎白 · 威廉姆斯解释道。但完美无缺的牙齿并不是必需的:“牙齿并不是任务终结者。就像有人有四根手指而不是五根一样，从来没有研究说被四颗牙齿咬到比被三颗牙齿咬到更疼。”她生动地说。

“牙齿上有三个洞并不算太糟糕，”空军下士亚当·贝尔沃德、第 822 保安团的一位军犬训导员说，“但拥有四颗犬齿无疑是最理想的。”

令人吃惊的是，军犬出现牙齿问题的最常见原因和人类一样——因为焦虑。有趣的是，在犬类表现得特别突出的是飞行焦虑症，很多狗讨厌坐飞机，不幸的是，有大量军犬在空军服役。

当人类士兵紧咬牙关的时候，狗也在狂乱地挣扎——即使在被注射了一两针犬用镇静剂之后，有的还试图咬破飞行犬舍逃出来。犬牙碰上铁门，兽医最终要为一些军犬拔牙，做齿冠和植牙就不足为奇了。

以博亚尔为例。这只德国牧羊犬在2008年秋天被派往西南亚，和部队会合后，它的训导员发现它的嘴在流血，原来它的牙齿断了。这已经不是第一次了。

“博亚尔患有飞行焦虑症，”技术军士杜安·斯汀森、博亚尔在第380空军远征连队的犬舍主管说，“它在飞行中一直在啃犬笼，这对它的牙龈和牙齿造成了相当大的伤害。”

他们面临的主要问题是：博亚尔的基地没有部署兽医，所以也不可能有犬科牙医。在这种情况下，军队一般会联系当地的兽医为军犬治疗。斯汀森和博亚尔的训导员、参谋军士莎拉·莫克林格穿上便装，逃过日益增多的审查出了基地，赶到当地的兽医院进行检查并做了齿科X射线照射。

在对博亚尔进行麻醉之后，当地兽医拿来了几张X射线片子。他提出了几个治疗方案，包括安装人造齿冠或拔掉断牙。大部分兽医不愿意拔牙，因为这样做会削弱颌骨。狗的牙齿比人类的牙齿埋入更深，所以拔牙意味着一些骨头也会同时被带出来。

另一个选择是给它使用抗生素，并让它一直待在铁丝网门的犬舍外面，直到它结束任务回到大本营。他们正是这样选择的，博亚尔现在完全恢复了。

对于这些军犬为自己赢得的强壮、不屈不挠的声誉而言，飞行焦虑症也许有些出人意料。不仅博亚尔在军事飞行中试图咬破笼子出来，凯蒂也一样。这只5岁的比利时马林诺斯犬在从德国乘飞机出发后，由于严重的飞行焦虑症发作而折断了一颗牙齿。“它不喜欢独处，”凯蒂的训导员亚当·贝尔沃德说，“所以它非常紧张。”

但是在凯蒂事件里，它的训导员和犬舍主管求助了通常为人类工作的专业军医。他们很快决定跨界来帮助这只急需援助的病犬。

毕竟，战士就是战士，对不对?

经过传统训练的兽医在执行标准清洗和拔牙时有丰富的经验，但当手术需要更多的技巧和精确度的时候——更不用说专门的设备，他们比不上军队的专业牙医。在治疗凯蒂的时候，基地的兽医有麻醉和治疗军犬的经验，但缺乏必要的设备，然而牙医组有X射线机和经验丰富的牙医。

“兽医有我不具备的才能，我也有他们缺乏的能力，所以我们互相需要，”参与手术的牙医马克·亨德森少校说，“这无疑是一种团队协作的概念。”

最后，4 个小时的手术非常成功。凯蒂的嘴里镶了两颗银牙，它和贝尔沃德接着成功完成了他们的任务。

军犬的生活绝不是无压力的，特别是参与部署的军犬。但飞行并不是唯一导致它们焦虑并损伤牙齿的原因。驻扎在吉尔吉斯斯坦的一只军犬害怕爆炸，甚至害怕老鼠。

阿雷克，一只 85 磅的德国牧羊犬，在伊拉克巡逻的时候直接经历过两次爆炸。在其中的一次爆炸中，一个简易爆炸装置攻击了阿雷克所在的护航队，它因为牙齿咬得过紧咬碎了四颗牙齿。其中的三颗进行了重建，但第四颗牙就此消失了。

“它的确也不喜欢枪声。”它当前的训导员帕特里克·劳说。但它仍然继续工作。正如贝尔沃德所说，三颗牙齿仍然是一种需要认真考虑的可怕力量。

这引发了一个问题。很久以前，在 1998 年，当简易爆炸装置这个词还几乎没什么人知道的时候，一位读者在当时流行的一本兽医杂志《兽医学博士》的建议栏提出了一个问题：“军犬更倾向于需要大量包括根管治疗和频繁的齿冠碎裂和更换在内的牙科治疗吗？”

在谈到军犬更换的齿冠很可能在不久后需要重做的问题时，兽医师唐纳德·H·德福尔热是这样说的：“一个尽管很少发生，但确实存在的问题是，在齿冠和牙齿的结合点或下部产生了新的断裂，从而造成了齿冠和牙齿的分离，这在警犬、军犬或者警卫犬训练时比较常见。训导员必须要首先知道，这种并发症不是修复失败，而是因为职位给这些狗带来的超出正常范围的物理力量造成的。”

“没有了齿冠，这些军犬通常要退出现役，”他接着写道，“在国内的犬类种群里，更换齿冠的情况很少发生。如果吃铁啃砖头的病人要求做齿冠修复，我们会建议他们放弃牙齿修复。”

犬类创伤后精神障碍（PTSD）

战争是地狱。

这句话不仅适用于人，也适用于狗。所以尽管它们训练有素，并把巡逻和侦测任务视为游戏（确定气味的地点就能得到球、食物或咀嚼玩具），但它们并不能对战场上一天二十四小时的压力免疫。和人类一样，它们也会产生各种各样的反应，从失眠到极端神经质，以及没有来由的攻击性。

“从前，我们从没有把这种现象归结为战争压力，但战争压力确实对它们有影响。”格雷戈里·玛西说，“回家后，一些军犬就像一些人一样出现了自闭现象。这种情况不是特别多，但的确存在。”

PTSD 影响了吉纳——一只训练有素的两岁大的嗅弹犬，这只德国牧羊犬在早期的战区生涯中遭受了情感压力创伤。

军士长埃里克·海恩斯、吉纳所在的彼得森空军基地的犬舍主管，称这不仅仅是因为一次大爆炸，更可能是它在伊拉克6个月的服役期里的日常噪音和零星爆炸累积起来造成的。它在那里的工作是在士兵进入一座房屋时嗅出爆炸物。有时候部队在踢开门进入房间时会使用震荡手雷。另外，有一天吉纳在随同护航队出行的时候，附近的一辆车遭遇了简易爆炸装置。

当它回到科泉市的时候，它已经不再是海恩斯记忆中的那个“小乖乖”了。它在驯犬员试图把它带进基地的房间时强烈抵制。当他们设法把它哄进房间的时候，它表现得好像希望消失一样,贴着地板逃到家具下面躲了起来。很明显,它想避开人类。“它希望脱离整个社会。”海恩斯说。

一位军方兽医确诊它患上了PTSD。“它表现出了所有的症状和迹象。”海恩斯补充说，在他担任驯犬员和犬舍主管12年接触的上百只军犬里面，还没有一只军犬受到像吉纳这样严重的心灵创伤的。“它谁都害怕，显然那些遭遇使它变成了现在这样。”

海恩斯和其他训导员努力试着让吉纳变得胆大起来，并重新适应人类。他们鼓励它多活动，并在门的另一侧安排一个熟悉的人拿着食物和玩具吸引它进门。“它开始认识到并不是每个人都想抓住它，”海恩斯说，“它开始显得愿意接近人类了。”

回国一年后，吉纳在海恩斯和其他训导员的耐心帮助下康复了，他们慢慢引导它和一小群人自如地共处，然后又逐渐使它重新适应军人生活中的常见噪音。它开始承担起从前的一些职责，包括在彼得森搜查汽车和建筑物。

海恩斯称它或许在未来的某个时候能够重返从前的工作岗位，但塔夫斯大学卡明斯兽医学院的动物行为程序主管尼古拉斯·多德曼对此提出了质疑。

“事实上，一旦体验过恐惧就无法忘却。你只能通过学习新的体验去淡化，这是最好的办法，吉纳的训导员就是这样做的。”

海恩斯承认这种说法有道理。“无论谁经历过那样的恐惧，其心理所受的影响显然是很难消除的。”他说，“但事实上我们并没有更多其他的选择。你不能放弃它们，它们是你的搭档。”

拉克兰基地国防部军犬行为医学部门主任、兽医学博士小瓦尔特·F·布格哈特完全相信犬类PTSD的存在。事实上，士兵们会直接从前线定期把他们心理遭受创伤的军犬的视频发回来。

布格哈特描述了他在一段典型视频中看到的情景：“那只狗身子蜷缩起来，浑身发抖，平常警觉地竖起来的耳朵几乎平贴在脑后。你几乎可以在它脸上看出痛苦的表情。”

在另一段视频中，训导员为了捕捉到正在接受车辆搜索训练的军犬的精确画面，在头盔上装载了摄像机。

布格哈特博士是这样描述视频里的画面的:“一般来说，因为军犬热爱它的工作，它会充满热情，跑上车对车辆进行仔细检查。但视频中你会看到它尽管愿意工作，但并不想上车用鼻子嗅那些车辆。它明显在逃避它们。”

那只狗最终钻进车里，但只在里面待了一会儿，而且没有用鼻子到处嗅。“同样，这也不正常。看它的尾巴，它的耳朵向后贴，而且几乎躲在驯犬员后面。”

它害怕?

“是的，这就是推论，但我没有办法询问它。”布格哈特说。

另一位军方兽医工作人员也注意到了参与战争部署的军犬日益增多的PTSD发生率。有人已经发现，在部署期给军犬放假并设置部署期限有助于避免PTSD和其他疾病。空军军犬设为6至8个月，陆军训导员部署期为12到15个月，它们的军犬小组的部署期比大部分部队目前采用的满一年轮换的周期更短。

“它们参与部署后返回。这个时间对它们来说大致相当于它们像我们一样变得过度劳累的时候。”在彭德尔顿营军犬部门服役的助训员、海军中士本杰明·梅普尔解释说。

“从驻军巴尔干半岛时候开始，我们已经发现6个月的部署期对K-9团队来说效率最高。”军犬项目经理兼陆军上士肯尼斯·斯洛克莫顿解释说,军犬倾向于在6个月后失去训练优势。“与其让它们在那里待一年，但只有8个月能工作，不如让它们保持状态干6个月更有意义。”

但是，部署中的军犬被诊断患上PTSD，并不意味着它们要脱离工作岗位。在兽医心理学家和传统兽医对它们表现出的精神压力创伤迹象进行初步评估后，会做出诊断，决定是否让它们永久退役还是给它们放假，或让它们返回工作岗位并命令驯犬员对它们进行密切观察。蒂米，一只2008年在伊拉克服役6个月的5岁德国牧羊犬，就是这样的一个例子。

根据军犬助训员兼空军参谋军士蒂莫西·伊文思的说法，蒂米是一个“严肃的、踏踏实实的士兵。它一直显得比其他军犬稳重，是犬舍里的另类，一个奇怪的家伙”。比如，蒂米不像其他军犬一样狼吞虎咽地进食，而且不直视人类，而是用眼角的余光秘密窥视。

在伊拉克度过几个月后，伊文思注意到蒂米开始在睡觉时四肢乱动。“就像抓到什么东西一样，”伊文思说，“但又不像在追逐一只小兔子，事实上它好像要把犬舍蹬翻一样。如果我把它弄醒，它会显得很迷惑，要过一分钟才能清醒过来。接着它会再次入睡，但这种情况发生了多次。”

尽管会做噩梦，事实上蒂米还是能完全履行自己的职责，伊文思称在工作日的时候，蒂米的状态总是显得很好。部署期结

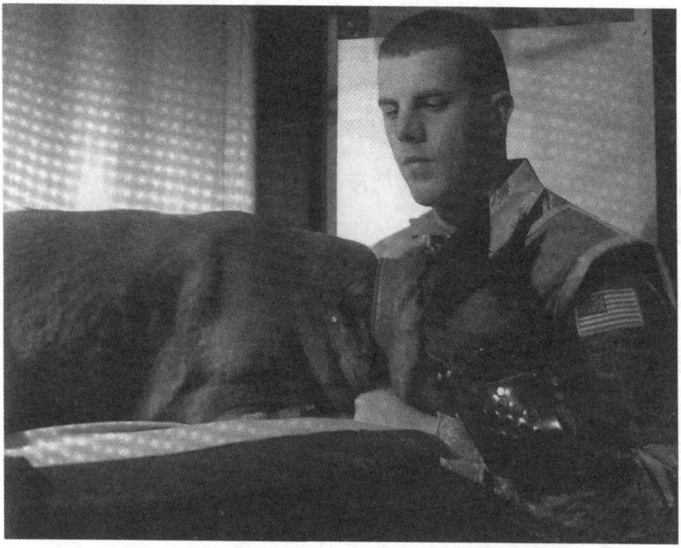

在西南亚一个空军基地，空军下士达朗·马歇尔在考试中安抚他的军犬扎克。

美国空军图片 / 摄影：技术军士拉希姆·摩尔

束回家后，蒂米的症状有了很大的改善，尽管它在犬舍里显得不如其他军犬活泼。

空军参谋中士布兰登·L·盖恩斯，蒂米的新训导员，称蒂米是他出征的首选搭档。“你完全能看出来，它已经完全做好返回战场的准备了。”

对一些精神受到创伤的军犬，布格哈特开的药方包括抑制剂和更长的停工时间、玩耍，或者貌似反常地——让它们继续从事它们擅长的工作。

“交叉授粉”

军事医疗工作（不管是对人还是对狗）的一个有趣的方面是——经常需要全体动员。到了那个时候，平时为人工作的医护人员有时候也要被叫去援助在战场上受伤的军犬。因为这并非孤立的个案，所以医治人类的医生也要接受如何医治狗的训练。

在一些例子里，兽医师为传统上给两条腿病人看病的医护人员开设讲堂，但偶尔军犬训导员本人也充当教员。训导员首先会给医护人员提供一些军犬急救的基本背景知识。尽管在为受伤的搭档进行护理时，训导员是第一反应人，但如果他们也受了伤，医护人员就必须站出来了。

可是因为军犬所受的训练是跟随它们的训导员，并把其他每个人都视为假想敌，因此医护人员要学习的第一件事就是如何对付咆哮挣扎着试图保护自己搭档的军犬。那就是要尽可能镇定地把军犬和训导员分开。毕竟,如果军犬感受到医护人员的恐慌，它们会发作得更厉害。

劳伦斯·卡梅隆，第113野战炮兵部队的一位军医，对于处理在战场上生病的军犬有着第一手的经验，因为他定期和至少一支军犬小组一起巡逻。有一次，一只军犬中了暑，驯犬员带了强制性急救包，但没有静脉注射系统。

“我们在整个巡逻过程里监控着那只狗的体温，”参谋军士克里斯托弗·贾斯珀、一位经常和卡梅隆一起巡逻的军犬训导员说，“一旦它的体温升到39℃以上，我们就要想办法把它的体温降下来，如果升到40℃，我们就得给它找注射器。”卡梅隆为它进行了静脉注射，没过多久，它就完全恢复并回到了工作岗位。

有些时候，兽医人员可能在附近，但在紧急情况下不能浪费任何时间。一天晚上，军犬格兰特在和它的训导员、第380远征安全部队参谋军士马修·赫尔南德斯一起进行训练的时候，弄伤了一只后脚爪。

“格兰特的脚爪在格栅楼梯上卡了一下，”赫尔南德斯说,“我的第一个反应是评估伤势和为它止血。我有点担心，因为这是我第一次经历军犬受伤。”

他呼叫了犬舍主管杜安·斯汀森，后者没有联系到当地的兽医。“在紧急情况下，我们必须首先设法稳住军犬，”斯汀森说，“如果我们在下班时间找不到兽医，就要花上30分钟赶往兽医办公室。”

在此期间，格兰特还在流血，所以斯汀森决定求助基地的当值医生。参谋军士索尼娅·帕克斯，一位不明所以的第380远征军牙医组的技术员接了电话。她说，没错，她能缝合伤口。她很快发现她的病人有四条腿。尽管她从来没有治疗过动物，但她还是答应帮忙。

手术很成功，格兰特很快痊愈了。“如果不缝合伤口和使用诊所提供的抗生素，伤口就会感染。”斯汀森说，“如果发生感染，军犬就可能缺勤几个星期，在最坏的情况下甚至会没命，这样其他军犬小组就要工作更长的时间来弥补空缺。”

“我们培养的这些狗在身体和精神上都非常坚强，”赫尔南德斯说，“所以在出现这种情况时，那只狗只是舔了几下伤口，然后又像什么事情都没有发生一样。”

军队兽医并不是不流动的。建设新兽医设施和改善旧设施的方案正在全世界范围内推行。2011年年初，第一座全面运转的兽医服务设施在阿富汗北部开放，它不仅使兽医和技术人员工作起来更加得心应手，也因为可以把严重受伤的军犬留在基地而不是用飞机送往德国和拉克兰基地治疗，从而缩短了军犬的无效服役期。

“在我们的诊所开放之前，受伤军犬要送往巴格拉姆；现在，我们将成为整个北区指挥部的新枢纽，”第358医疗分遣队的桑迪·帕里奥特少校说，“这将为拯救军犬的生命带来很大的改观，特别是当它们需要立即治疗的时候。”

新诊所也将把基地军犬的数量从当前的最多25只增加到至少100只。“这些军犬从很多方面协助了我们，它们受训执行各自的任务，但同时也保卫了我们的军人。”帕里奥特说。

兽医人员献身于他们的患者，真的，他们愿意不惜一切代价。不幸的是，事实往往是另一种样子。在越战时期，军士汤姆·休伊特和他的军犬搭档帕佩尔一起在第42巡逻犬分队服役。有一天，巡逻犬分队在丛林中央执行任务的时候，帕佩尔负了伤。休伊特和其他士兵无微不至地照顾着帕佩尔，他们轮流用担架抬着它，在救援直升机把帕佩尔救走之前，他们已经在敌人的领地里穿行了3天，连兽医也情不自禁地喜欢上了帕佩尔。

当休伊特和他的战友们带着帕佩尔赶过去的时候，第764兽医分遣队的约翰·库比斯上尉正在值班。

“这只狗是那样通人性，它就像一个朋友或兄弟一样躺在台子上。”库比斯说，“每个人都喜欢它，当它不在的时候就像失去了什么东西。我们谈起它的时候并不把它当狗看；事实上，我们习惯于叫它帕佩尔先生。”

当帕佩尔辗转三天被带进去的时候，它的健康状况已经变得非常糟糕，以至于库比斯的上级命令他为它实行安乐死。他拒绝了。后来，帕佩尔在受伤十周后，恢复到了可以回到部队参加巡逻的程度。但是，在它返回战场三天后，它所在的部队和越共展开了交火。在关键时刻，帕佩尔跳向休伊特前方，它的头部中了一颗本会击中它的训导员的子弹。

帕佩尔以死尽职，拯救了它的搭档。

从左到右：上等兵戴维・华雷斯、中尉帕克・桑谷、少校米歇尔・富兰克林在韩国春川市的韩国第一军犬中心协助把一只军犬抬上卡车。

美国陆军图片 / 摄影：参谋军士塞迪・布莱施泰因

参谋军士凯文·瑞斯和军犬格雷克2007年在伊拉克小憩。

美国空军图片/摄影：参谋军士斯泰西·L·皮尔索尔

第八章

感情纽带

有些人不以为然。他们说，那毕竟只是一只狗。

但和军犬一起训练和服役的士兵明白事实并非如此，他们在服役过程中希望和他们的犬类战友靠得越近越好。但他们也没有真正认识到，军犬训导员和军犬之间的感情纽带有多么密切、多么强烈。

“在受训之前就有人告诉过我，我会变得对它比对一生里认识的任何人都更亲密。”约翰·弗兰内利、一位在越战中和一只名叫布鲁泽尔的重达 85 磅的德国牧羊犬一起服役的海军陆战队战士说，“他们说对了。我对那只狗比大多数人对他们的妻子、他们的孩子都更亲密。我指的是，我们是不可分离的。”

他的军犬训导员战友汤姆·休伊特在回忆起帕佩尔的时候，对他的说法表示无保留的赞同。“那只狗就像我的手，”他说，“如果我要移动我的手，我不需要告诉我的手指该干什么。那只狗变得对我如此重要，它不在了，就像我失去了自己的一只手。”

卡尔·格罗斯试图描述他对军犬霍波的爱。“我和妻子特丽莎结婚 28 年了，我对她的了解和爱超过在这个世界认识的任何人。”他说，“但即使和特丽莎在一起，我也没有产生过像和霍波那样的感情。我们每周 7 天、每天 24 小时在一起。我们一起吃，一起睡，能够彼此以性命交托。我从来没有和任何生物这样亲密过，无论是人类还是动物。”

“每一天，指导员都告诉人们同样的事情。”辛西娅·角畑在《饼干：越南最棒的狗》(*Cracker! The Best Dog in Vietnam*)一书中写道，“等你们到了越南，无论干什么都要和狗在一起。撒尿的时候也要带着狗。如果你们打喷嚏，我希望你们的狗在你们身边。整个连队的人都指望你的狗救他们的命。但你的狗不是为这些连队工作，你的狗是在为你工作。我希望你们和这些狗打成一片，直到分不清什么是你，什么是它为止。”

同时，每个军犬训导员都意识到，他们和他们的犬类搭档的这种纽带是脆弱和苦乐参半的。“尽管我那样爱这些狗，它们的工作却是替我挡子弹。”助训员道格拉斯·汀布莱克军士说。

时间快进到伊拉克和阿富汗战争时期，军犬训导员和军犬之间共享的爱和献身的感情仍然没有发生多大改变。每个训导员都有一个关于这种纽带的故事。2006年，空军技术中士哈维·霍尔特和杰杰克逊，一只比利时马林诺斯犬，在巴格达北部巡逻时遭遇了狙击手的枪火。枪声停下来之后，霍尔特抱起杰杰克逊跑过了一片平地。“后来，它捕捉到气味，朝一个干草垛冲过去，跳进去咬着那个狙击手的小腿把他拖了出来。”霍尔特说。

霍尔特还指出了一个军犬和训导员之间感情深厚的重要原因：根据任务要求和需求程度，军犬小组通常在不同部队之间轮岗。这样一来，军犬训导员在每个部队的停留时间都不足以让他

杰杰克逊
前文中曾提到过军犬名字首字重复的含义，可参看。

和周围的士兵形成部队典型的战友关系，但军犬是自始至终陪伴着他的。事实上，霍尔特和杰杰克逊是那样亲密，他们经常并排睡在一个睡袋里。“我们俩从睡袋里探出头，”他说，“如果不是因为这只狗，我大概不会说得这么动情。我对它的感情和信任超出我认识的任何人。”

杰杰克逊最终被转移给了另一个训导员，霍尔特是那样想念它，他要了一张杰杰克逊的照片，把它纹到了自己的左腿上。

和一只名叫威士忌的两岁大的魏玛猎犬一起在伊拉克服役的罗伯特·摩尔表示，在合作中产生的依赖性是双向的。“军犬依赖你得到它需要的一切，反之你又依赖它所做的一切，找出那些可能会伤害其他士兵的事物。”摩尔说，“你跟它说话，就像对另一个人说话一样。就像你每天和另一个人一起生活，就像你小队的伙伴或和你一起在小组里工作了一整年的伙伴，这是一种非常强烈的感情联系。”

就像任何队友或搭档一样，军犬也有情绪低落的时候，也有性格上的怪癖。但是，训导员不是对这些现象视而不见，而是要学习体验它们。

“它像每个人一样有自己的小怪癖，但我已经熟悉了它的这些特性，因为我必须了解它的行为变化代表的含义。”摩尔说，“因为狗不会说话，我要知道它是不是在认真工作，这样我才能觉察到它是盯上了什么东西。它是仅仅在搜索,还是发现了什么目标?威士忌有时候会显得很呆，但它很自觉。如果它执行任务，那就是在认真地执行任务。”

军犬训导员们在谈论自己的军犬时往往会赋予它们人性，好像它们是两条腿的人而不是四条腿的生物一样，这种情况很常见。3 岁的德国牧羊犬埃迪是爆炸物侦测犬，和空军参谋军士小帕斯夸尔·古铁雷斯一起工作。“埃迪总是爱管闲事，几乎有点讨人厌。”他说，“如果它是人的话，那肯定是个什么事都喜欢出头的家伙。”

然而，古铁雷斯很快承认爱管闲事是优点，因为那意味着埃迪总处在工作状态,总是关注着是不是有什么东西不对劲。“爱管闲事使埃迪成为一个真正一流的侦测犬。如果我们忽视了什么东西，埃迪保证不会。我一直保持着警惕，因为它的警醒有一天会救我的命。”

这是埃迪首次成为军犬小组的成员，然而古铁雷斯有从前和其他军犬参加部署的经验。尽管他明白和一只军犬会产生多么强烈的感情联系，但他不得不承认，他和埃迪的感情比其他军犬更深厚。“我和很多军犬一起工作过，”他说，“但和埃迪在一起，我确信它会用生命保护我。它的动物本能将占据上风，使它无论在什么情况下都会保护我。”

埃迪体重只有56磅，在同品种犬只中体形偏小，但古铁雷斯相信这正是它的内驱力如此强烈的原因。另外，他认为这也有助于一些人产生错误的认识，以为他们对付的只是一只小狗。“它的内驱力和体形完全不成比例，”他说，“它很有威胁性，但如果再多一点肉的话，会更有威慑力。”

“当然，有人对我们说过，不要对狗太溺爱，可是那样做真的很难。”他接着说，“对埃迪来说，我是个父亲的形象，我的责任是确保它得到良好的照顾。”

这位担当父亲角色的人说，他有时候不得不惩罚埃迪，因为它表现得像个孩子，但又不完全像个孩子，它能很快进入工作状态。“埃迪喜欢乱跑，但只要我们一开始执行任务，它就像换了一副面孔。”古铁雷斯说，“它有那么充沛的精力，可以连续工作好几天而几乎不感到疲惫。”

古铁雷斯不是唯一一个用父母和孩子的关系来描述这种感情纽带的军犬训导员。参谋军士尼古拉斯·波斯皮希尔，一位第506远征安全中队的驯犬员，也用这种说法描述他和沃丹——一只已经和他搭档三年的德国牧羊犬的关系。

“它是老爹的乖孩子，”波斯皮希尔说，“我们已经在一起了那么长时间，像任何其他的狗一样，相处的时间越长，感情就越深。这是许多训导员都要经历的过程。有些人想把它们当成宠物对待，但你必须找到一个中间立场。你不能过分溺爱它，因为你必须首先完成任务。”

他承认曾经因为做事轻率而内疚。“我不得不反思，自己或许太溺爱它，待它太像一只宠物了。”他又补充说，正是因为他们太合得来了。“它跟我很对脾气，总有人这样对我说，我们配合得这样好是因为我们都是大个子，动作缓慢而笨拙。”

和民间的狗很相像，军犬无疑也特别照顾它们训导员的情绪，它们明确地知道应该什么时候提供安慰和陪伴。

5 岁的德国牧羊犬、爆炸物侦测犬瑞奇军士和第 34 宪兵分遣队的专业军士大卫·斯蒂尔是搭档。斯蒂尔说，军犬训导员能够把注意力集中在手头的任务上很重要，这是因为军犬非常敏感，能够感觉到搭档哪怕最轻微的情绪波动。

“我们喜欢这样说：‘它能通过牵绳感觉到。’如果我哪天心情不好，它就能感觉到。”斯蒂尔说，“几个星期前，我得知家里的狗去世了，我很伤心。那天晚上，瑞奇躺在床上陪着我。它不肯从我身边离开。”

“我从没听哪个军犬训导员说他们和他们的军犬没有形成亲密而重要的感情联系的，”格里·普罗克特说，“他们被安排进这个项目，他们按照要求成为这个项目的一部分，所以军犬的受伤或死亡对驯犬员来说显然是一种灾难性的感情体验。”

“它们会成为你最要好的朋友，”第355保安中队空军参谋军士詹森·温格的搭档是3岁大的德国牧羊犬艾科，他们一起在伊拉克服役3个月后，艾科因为手术并发症辞世，“你能告诉它们任何事情，它们表现得就像在倾听一样。”

但这种亲密的感情并不一定是自然形成的。对一些人来说，这需要一个过程。“每只狗都不一样，”陆军上士亚当·墨菲——一位隶属于在阿富汗的第1陆军师第3旅级作战部队的驯犬员说，“它肯定知道你会照顾它。在它开始和你和谐相处之前，可能需要几天或几个月时间。”

很明显，一只军犬在和从前的训导员相处过一段时间之后，会对新的人类伙伴有些小抵触。克利福德·哈特利在一个新组成的小组里观察到了这样的现象。“那只狗侧着身子，背向它的训导员，”这可能意味着它不尊重它的训导员，或者他们仍是一个全新的小组。不管怎么说，如果建立了稳固的感情纽带，那只狗会用身子蹭驯犬员的腿，或向他跳起来表示欢迎。“它要经过一段时间之后才能爱上你。”哈特利说。

“在我第一次挑选搭档的时候，我能很快感觉到我们要经过一段时间之后才能互相适应。”驯犬员大卫·亚当斯说。一年后，他参加了越战，“最令人难忘的一个晚上是我第一次夜间站岗，他们把那个哨位叫地狱哨位，因为那是一只10英尺宽、两侧有篱笆的泥土路，路一侧是丛林，另一侧是更辽阔的丛林。那里有几种不同的眼镜蛇，还有响尾蛇、蜈蚣、蝎子，都是毒性很强的危险动物。”军队的习惯是把新人安排在那里，作为一种欢迎加入的仪式。

第一天晚上站岗的时候，可想而知，亚当斯非常紧张。“在我去之前，那只军犬已经在那里工作了大约一年，所以当我弯下腰抚摸它的时候，它的表情就像在说：‘我们还在等什么？’于是，我们出发了。”他说，“那天晚上，我的信心完全来自于那只狗。”

当参谋军士罗伯特·韦德尔第一次见到他的搭档埃尔默时，没用多久，他就认识到他们将成为终生好友。韦德尔按照计划将被派往伊拉克，但他的前任犬类搭档受了伤，兽医断定它不能及时复原。韦德尔仍然希望参战，所以要求给他另外分配一只军犬，但他的上级有点怀疑。按照命令，他将在三个月后出发，但一般来说，训导员和军犬在参与部署前要用至少一年时间一起工作，这样才能达到最好的效果。这一点他是非常了解的。

“你的狗越信任你，对你表现的攻击性就越小，也就越可能用它的信任回报你。”他说，“正是军犬和训导员之间的信任促成了小组的成功。信任的建立在不同的训导员和军犬之间各有不同。但你花在陪伴军犬上的每一天，都会帮助你获得越来越多的信任。”

尽管如此，他仍然努力争取和另一只军犬搭档，最后得到了批准。他和埃尔默——一只比利时马林诺斯犬，立刻投入了工作。韦德尔预计两个月内他们能建立起强烈的感情，但加深感情纽带的工作永无止境。

“我们之间有一种兄弟般的感情，因为我留心着埃尔默，如果有人伤害了它，我保证场面会变得很难看。”韦德尔说。考虑到他在儿时曾经和狗之间有过惨痛的经历，这种要作为军犬小组成员上战场的决心令人惊讶。“我开始这项工作的时候怕狗，因为小时候被两只狗咬过。有时候你必须直面自己的恐惧，我必须说，这是我干过的最棒的工作。”

军犬和人之间的感情纽带在两者被送往海外在战场上服役的时候，只会变得更深。因为他们要学习互相依靠，而这种依靠的程度比以往更深。本杰明·梅普尔曾经分别和三只不同的军犬被部署到伊拉克三次，但正如古铁雷斯和埃迪之间的感情一样，梅普尔和他从前的一只叫斯塔的狗之间有一种特殊的联系。“我几乎走到一个简单爆炸装置上了，但它提醒了我，它救了我的命。”梅普尔说，“它也救了几个和我们在一起的海军陆战队战士的命。那只狗经历过更多的战斗，它令我感到羞惭。事实上我用它的名字给我的女儿命名，还把它的名字刺在了我的胳膊上。”

当然，信任是军犬和训导员关系的一个固有部分。“从第一天开始，信任和默契就是军犬和训导员之间的基本关系。”空军技术军士罗伯特·P·汉森、第二宪兵营的一位军犬训导员说，“就像它们明白我们愿意为了它们去到那里一样，它们也会同样对待我们。”

“我们采用‘军犬组’这个词，因为我们和我们的狗花了那么多时间在一起，所以在很大程度上能够想到一起去。”亚历克斯·里布说。

“我们感受到的一切都是通过牵绳传递的，”乔尔·汤森在谈到A-塔克的时候说，“当我担心、不安、兴奋或心烦的时候，它感觉得到，它能全部感受到。这些家伙是战争里被人忽视的四条腿的英雄，作为训导员最不愿意面对的是失去这一切，因为这些最好的日子可能再也不会有了。

“这是军队里最容易得到的最酷的工作，”他又说，“我们有着和它们联结在一起的感情纽带。我曾经在没有这只狗的情况下上过战场，如果再那样做的话我就要考虑一下了。我愿意为了这只狗走到世界尽头再回来，我知道它也会做同样的事。它明白我对它的感情，也同样让我看到了它对我的感情。这不是单纯的工作关系。我们确实曾经有过那样的感觉，它明白即使它是狗我们也不会有隔阂。”

有时候，军犬训导员和军犬必须更换搭档，在接到命令后，打破一个纽带并开始建立另一个。对他们来说，这始终是难以承受的痛苦。

从 1992 年到 1997 年，技术军士斯科特·特雷西和军犬巴修——一只 8 岁大的比利时马林诺斯犬一起，在华盛顿州斯波坎的费尔柴尔德空军基地服务了 5 年。然后特雷西接到了去韩国的命令，而巴修要留在华盛顿。“那真的让人很难过。”特雷西说起当时的心情。

“你完成一次部署后回来，他们已经剥夺了你的军犬，然后又交给你另一只狗，于是你就要花费大量的时间，做你该做的工作。”上等兵代理下士贾斯汀·格拉纳多说，“这让人很难过。它晚上和你一起睡觉，你们做什么都在一起。那就像夺走你最好的朋友一样。”

“很难把你的狗交给另一个人，然后再另外挑选一只狗。”和爆炸物侦测犬布莱克——一只 9 岁大的德国牧羊犬一起在伊拉克服役的专业军士杰弗里·米肖说，“你牵挂你的狗，总以为和别人在一起的是你的狗。你很难放它走，但又不得不这样做。”

同时，这对新的训导员来说也很困难。当拉里·比纳来到越南的时候，被安排和卡利配对，后者的训导员将在两周后离开。“这并不像有人交给你一套钥匙——好了，这只狗就是你的了。”他说，“这是一个互相熟悉的过程。我训练它，喂养它，其他训导员完全不插手。我们设法形成一种分离状态，这样它就会听我的。”两周后，卡利原来的训导员离开，比纳接手了。

“和下一个伙计好好干，因为他不知道自己会碰上什么事。”空军中士克雷格·劳德在1969年离开越南时，对他的搭档、德国牧羊犬温斯顿说。

还有这样的情况，一个搭档赶在另一个前面退役。参谋军士克里斯托弗·海因茨得知他要和9岁的德国牧羊犬阿贾克斯结成小组的时候，那时阿贾克斯已经经历过五位训导员，他很可能是这只牧羊犬的最后一任训导员。“这种情况给我们的结合带来了更多的个人色彩，我要确保它得到最好的照料。”海因茨说，“我将始终保持它的高标准待遇，也在我们的娱乐时间里投入更多的注意力和感情。我很喜欢在和它玩耍时进行互动。我真心希望能在我退役的时候，看到阿贾克斯迎来很好的归宿。”海因茨又说，“但我会想念它的忠诚。它总站在我旁边，即使在去掉牵绳时也一样。我不用告诉它，它就站在那里等候我的许可。我也会怀念它总是站在我的正前方的样子，或者当我匍匐在地上的时候，它会站在我的腿上来保护我。那很可笑，但我喜欢。”

技术军士斯科特·加德纳在费尔柴尔德空军基地的犬舍主管和训导员对此感同身受。“他们告诉我们，因为我们有可能被单独派往某个地方，所以不要过分牵挂我们的军犬，但我们确实做不到。”

军犬训导员在和犬类搭档分手时，并不是唯一感到痛苦的一方，他们的狗也往往同样痛苦。当海因茨短期休假的时候，阿贾克斯患上了分离焦虑症。“他走后狗一直闷闷不乐，在犬舍里走来走去，显得既无聊又沮丧。”

比尔·巴赫和丹尼搭档的时候，也体验过自己的分离焦虑症。“那两周的探亲时间真难过，”他说，“和家人团聚当然很高兴，但你会因为离开它而感到自责。那只狗将会沮丧地待在犬舍里，想念它的驯犬员。这是一种怪异的转变。”

“你离开家人参与军队的部署，但你牵着你的狗——绝对不是一只宠物；作为军犬训导员，它是你的搭档和最好的朋友。你和它一起工作，一起玩耍。每一天——甚至在放假的日子，都和它在一起，特别是为了保持融洽的关系和它胡闹的一两个小时。每天 24 小时，每周 7 天，这只狗就是你生活的全部。对它来说也一样。”

这种感情纽带不仅深深影响着军犬训导员和军犬，也会影响到整个部队。事实上，当一只军犬离开的时候，无论是因为退役、调岗、生病还是死亡，整个部队单位都会受到影响。“普通人看我们军犬部门工作的时候，往往认识不到这些军犬对于空军安全的不可或缺的重要性。我们在损失一位同事或军犬的时候，整个部门都能感觉到。”在第95保安中队担任犬舍主管的技术军士乔治·琼斯说。

琼斯谈论的无疑是任何一只军犬，但也可以特指贝里，一只服务于第95保安中队，在服役10年后于2005年8月辞世的巡逻和毒品侦测犬。琼斯和其他训导员以及官方在爱德华空军基地为贝里举行了一场葬礼，在葬礼上，他们宣读了贝里的成就：在10年的职业生涯里，贝里累计进行了大约1100小时的搜查，查获毒品47次。

“我讨厌使用‘无法形容’这个词来描述我们之间的感情纽带，”比尔·巴赫说，“但事实就是那样。”

博 多

如果没有爆炸物侦测犬搭档、一只叫博多的德国牧羊犬的话，第98宪兵团专业军士杰奎因·梅略承认自己不可能活到今天。

2009年冬天，他俩正配合另一支军犬小组在伊拉克靠近纳贾夫的地方巡逻，执行一次道路清理任务。梅略和博多走到护航队前面，检查沿途是否有可疑的包裹或垃圾。一旦他们检查无误，车队就能继续前进。

作为一种额外的预防措施，军犬小组奉命检查附近的几个瓦砾堆。在这个阶段，博多开始变得不听话。

“我给博多用的是可回缩的牵绳，在我们检查的时候，它开始有点往我身后靠。”梅略说，“我试着叫它走在我前面，但它不听话，结果我走在了前面。”在下一瞬间，一切都乱了套。

“突然间，博多猛地在我身后一拉，把我拽得后仰了一下。”梅略说，“我听到嗖的一声，然后是金属撞击岩石一样的一声巨响。沙土开始沉重地打在我的脸上，我挥着手，因为被尘土迷了眼睛。然后一个想法像千钧巨石一样击中了我：有人刚才向我开了枪！”

后来才知道，那颗子弹正打在他头部前方1英尺左右的地方。“如果不是博多拉了我一下，它就会直接打在我头上。”他说，“我当即被吓得屁滚尿流。我开始想：‘哇哦，我的狗刚刚救了我的命。’那对我来说绝对是惊悚一刻。战争在那一瞬间变得异常真实起来。”

博多和杰奎因·梅略在一起。

图片来源：美国陆军
摄影：一等兵泰勒·莫尔丁

尽管他后来花时间在脑子里一遍又一遍地回想当时的情景，但最后的结论是，博多是怎么发现的并不重要。“它能听到我们听不到的声音，”梅略说，“很可能它听见了子弹的声音，心想‘老爸有难’，然后把我拉了回去。它究竟是怎么做到的，这对我来说并不重要。我知道的是，在那一天，博多毫无疑问救了我一命。”

这对搭档归队后，梅略的上级问他，是否应该推荐他得一枚战斗行动徽章。梅略拒绝了。“我没有受伤，”他说，“我没干什么了不起的事。博多才是创造奇迹的人。”

空军下士斯蒂夫·汉克斯在内布拉斯加州奥夫特空军基地向人们展示军犬的优雅和力量。

美国空军图片/摄影：乔希·普鲁杰尔

第九章

在前线

像在前线服役的其他兵种的军人一样，军犬训导员和军犬多年来每天都会训练上几小时，所以他们能够处理战场上出现的任何情况。

作为老兵的军犬训导员会告诉你，没有什么能替代真实的东西——战场上绝对没有出差错的空间。毕竟，有一群人指望你和你的军犬救命呢！在越战时期，军犬小组主要用做尖兵，那意味着它们是接触敌人狙击手的第一个点。

就像辛西娅·角畑在《饼干：越南最棒的狗》——一本关于越战期间一位军犬训导员和他的军犬的现实主义小说里所写的那样，尖兵是：

> 越战中最危险的职业之一。那就是说，如果前面有诡雷，你会第一个踩上去
>
> 这和训练是如此不同。现在（军犬训导员里克·汉斯基）必须更准确地破译克瑞克的一举一动，必须正确地理解每一次耳朵的动作表达的含义。否则，如果他过于频繁地中止连队的行军，他们会认为他只是在叫“狼来了”，并不再把克瑞克当回事。但是如果他在真正有危险的时候没有叫停，就可能有人死去。

军犬训导员在那些年过得很不容易。在过去，比较有代表性的是在他们首次被引进某个小组一起工作时，没和军犬一起执行过任务的士兵可能一开始会嘲笑他们，或者对他们汪汪叫，甚至会这样称呼军犬训导员——一个“驯狗的”而已。

在这种时候，大部分军犬训导员会选择默不作声。他们明白，他们必须证明自己一次。当他们的狗发现只有几码外的简单爆炸装置，或者嗅出躲在被炸毁并遭到遗弃的建筑物的地板下的敌人时，那些从前不信任他们的士兵就会改变态度。很多军犬训导员讲到战友们会给他们多余的口粮，并提议替他们背军犬的狗粮和水。在二战和越战中，一些士兵确实首先替军犬训导员和军犬挖散兵坑，然后再在旁边挖自己的。这样做的原因是：军犬在晚上察觉不正常的声音或气味时会警告训导员，因此不仅训导员对危险保持警觉，军犬也在旁边充当岗哨，这样旁边的人就能放心地睡个好觉了。

局限性

无论在大本营还是在战争区域，军犬训导员和他的狗都把彼此视为平等的伙伴。因此，在每天出发之前，都有一套不得不做的程序。训导员喂过狗，然后拉着它通过短距离散步来解决它的拉撒问题。接着，训导员会对狗做一番快速检查，在轻轻梳理的同时检查隔夜后可能会感染的咬伤或其他小伤口。“把你的狗从头到尾检查一遍，确保它的健康很重要。”和 7 岁大的德国牧羊犬西罗搭档的空军下士卡丽·道迪说。

如果一切正常，这一对就可以出发去执行他们的特殊任务了。“炎热的确限制了我们的工作。”和 3 岁的比利时特武伦牧羊犬苏克一起工作的技术军士查得·伊根说。他表示，持续提高急救技术并密切关注自己的军犬，及时发现警示信号，这对每个军犬训导员都极为重要。

在伊拉克和阿富汗沙漠地带令人窒息的炎热气候里，只要有可能，军犬会在一天里最热的时候被带到外面一小段时间。有时候如果水泥地过热，要给它们穿上小小的犬用靴，但很多狗不喜欢它们，总想把它们踢掉或咬下来。“对我的狗来说，在伊利诺斯湖区生活过之后，设法适应这里的炎热一直是一种挑战。”海军军士迈克尔·佩克说。他的搭档是一只名叫玛德卢多的荷兰牧羊犬。这个犬种和德国牧羊犬的体形和性格相像，但多半身上有斑纹。

一旦他们外出执行任务，或者隐蔽起来保护军事基地，用不了多久就会发觉，得不到在国内很容易获得的补给会妨碍他们的日常生活和任务的执行情况。比如，军犬小组强制训练课程所用的检验试剂盒就不完备。

“我们没有完整的气味工具包。”詹森·戴维说。2009 年他在伊拉克时的搭档是一只名叫班迪的英国史宾格犬。戴维说，如果那时有一套完整的工具包，班迪的不间断训练就会更加完整。因为伊拉克叛乱分子采用的爆炸物的种类和他们在国内训练时用的不同，军犬训导员也会采用特定战场的气味工具包来自己定义军犬的训练课程。

补给品并不是短缺名单里的独一号，睡眠设施也是。尽管军队规定军犬必须睡在犬舍里，但有时候这是不现实的，所以军犬和训导员常常要生活在同一个营房里，这正合大部分军犬训导员的心意。所以，规定通常会被忽视——许多军犬和训导员喜欢挤在一起。

“在非训练和工作时间，军犬通常要待在犬舍里。”第 732 远征保安中队的军犬训导员、空军参谋军士梅琳达·米勒说，“但并非所有的基地都有这样的设施，所以军犬往往住在野战帐篷或整体式营房里。在这儿，军犬和它们的训导员住的是整体式营房。”

第 95 宪兵营的军犬训导员、参谋军士戴娜·桑奇米诺就是其中的一位。她不介意和她的德国牧羊犬幸运住在一起。“这就像和一位亲密的朋友住在你的拖车里。”她说。

但这种情况并不理想。一些官员，包括陆军上士克里斯·拉耶、一位第 25 陆军师的军犬项目负责人，都认为这样会导致军犬产生依赖性并形成分离焦虑症。

“军犬需要不间断的训练，但没有训练设施的话这几乎是不可能实现的。”拉耶说，“让军犬和它们的训导员生活在同一个地方，不仅会造成依赖性问题，还会产生服从性问题。因为没有隔离区域实行服从性训练，军犬很容易受到干扰。”

拉耶还担心出现有人进入营房遇到军犬，训导员又不在场的情况。“军方在一只军犬身上的投资比训练一名士兵还多。我们关心的是确保花在它们身上的投资得到正确的使用。”

典型的一天

利安·魏戈尔德和她的搭档阿基姆都明白，在战争区域不存在“典型的一天”这样的东西。在 2007 年 4 月至 10 月期间，她和阿基姆被部署到巴格达的胜利营和陆军第 1 骑兵师一起工作，在军营门口检查车辆里的违禁品和爆炸物。魏戈尔德和阿基姆一共发现了超过 340 磅高爆炸度的炸药。

“你永远不知道会发生什么，所以绝对不能沾沾自喜。”魏戈尔德说，其言下之意当然是阿基姆也不能了，“同样的人你见过一遍又一遍，你认识他们，他们也认识你，但你永远不能放松警惕。这是一项需要时时刻刻认真对待的工作。”

2009 年夏天和德国牧羊犬贝奇一起被派往阿富汗巴格拉姆

空军基地的参谋军士克里斯·雷诺兹对她的话表示赞同。另外，他还对军犬的出现对难以驾驭的人群的影响力有着切身体会。

一天晚上，上千人试图徒步穿过一道门离开基地。当时人们情绪激动，声音嘈杂，所以雷诺兹带着贝奇维持秩序。那些人马上平静下来，排成队，以有序的方式离开了基地。

“贝奇一吼，每个人都变规矩了，”雷诺兹说，“有只狗在这里情况就变得大不一样了。”

有时候，在发生最糟糕，或者接近最糟糕的情况时，有一只军犬在旁边很重要。2005 年 1 月 25 日，空军技术军士杰米·丹娜和她的德国牧羊犬搭档、爆炸物侦测犬雷克斯执行任务归来的时候，一颗炸弹在他们的车辆下面爆炸了。丹娜被从悍马车上抛了出来，几乎没命。医护人员很快赶了过来。抵达医院后，外科医生立马着手处理脊柱骨折、骨盆骨折、气胸和其他伤情。丹娜在爆炸过后不久问起雷克斯，有人告诉她雷克斯的情况显然是错的——雷克斯被炸死了。

她的伤势非常严重，被批准转往沃尔特里德陆军医疗中心。她的部队事先没有通知丹娜，决定让雷克斯飞回国内，在她缓慢的恢复期内陪伴她。几个星期后，丹娜惊讶地听到病房走廊里传来熟悉的声音。她相信是雷克斯在走廊外面，就吹口哨叫它。雷克斯跑进房间，穿过各种各样的电线、管子和支架，扑到她的床上。

“当他们告诉我它还活着，还要带它来看我的时候，我心想：‘太好了，我们可以继续下去，我们可以一直继续往前走。’”丹娜说。

原来，在那场爆炸中，雷克斯只是鼻子被灼伤了一块，头上被撞了个包，还有一只脚受了一点擦伤。

战场上的兽医护理

服务于军犬小组的军犬训导员和医护人员能够处理小病和应付基地或战场上的紧急情况。他们的急救护理能力在很大程度上源于从药品到注射器应有尽有的犬用急救包。

当军犬受伤的时候，其中一些会被送往几百英里外的军事兽医中心，甚至被送到德国或美国进行康复治疗。很多军犬能够完全恢复，并得以重返工作岗位。

一个人类士兵在战场上受伤的时候，并不关心自己的伤情，反而首先询问他们的犬类搭档，这种情形不足为奇。

海军陆战队军犬训导员布伦丹·普拉尔特下士 2007 年在伊拉克的一场自杀式炸弹袭击中负了伤。他恢复知觉后，并没有意识到他的胳膊断了，那些高速飞行的轴承甚至嵌在了他的枪上。相反，他想知道的第一件事是他的狗是否安全。弗拉普尔，他的比利时马林诺斯犬搭档在哪里？在医护人员帮他处理胳膊的时候，普拉尔特发现了在拉马迪街上蹒跚行走的弗拉普尔。它目光空洞，胸部血流不止。

“我不关心我的伤，”普拉尔特说，“我对医务人员说，‘我要尽快送我的狗去治疗！’”

“我永远知道最近的兽医在哪里。”杰弗里·米肖在谈起他的搭档布莱克的时候说。2010 年他们在伊拉克服役了 6 个月。布莱克当前正处在它的第四次部署期。“如果有蛇咬了我的狗，我需要马上知道兽医在哪里。到目前为止我已经见过三条蛇。我不知道它们是什么品种，但它们个头很大，而且看起来很吓人。”

但即使军犬训导员和军犬距离最近的兽医只有几分钟路程，也不能保证军犬总能免受伤害。一天晚上，克里斯托弗·麦克莱斯基和他的军犬搭档卡佳巡逻一整天后回来，在提克里特附近基地的营房里安顿好。麦克莱斯基给卡佳喂过食，饮了水，然后自己去食堂吃饭。

刚吃完饭，一名军官冲进食堂，说营房失火了。麦克莱斯基跑向营房，外面已经浓烟滚滚。他意识到卡佳被困在里面了。

“我想冲进去，但另一名军士抱住了我，说我不能进去。”他说，“我说我的狗在里面，我必须去。”

麦克莱斯基小队的战友肖恩·贝利抓起一只灭火器，说他会帮忙把卡佳救出来。

“我们一路上匍匐前进，爬向我的房间，因为烟雾很低，”麦克莱斯基说，“除了天花板上的火苗，别的我什么都看不见。”

他们爬进房间后，麦克莱斯基大声叫卡佳过来，但没有动静。“它躺在地板上一动不动，所以我把手伸到犬舍里，摸到它的颈圈，用手击打它的胸腔。”他回忆道，“在我把它从营房里拖出来的时候，我听见了它急促的呼吸声。我把它抱到大约 25 码外的路上，它咳得好像要把肺咳出来，我抱着它走动了很长时间，它还是咳个不停。”

战友们也行动起来。在通过电话和一位兽医沟通过卡佳的伤情之后，一架黑鹰直升机在 90 分钟后带着一名兽医赶了过来，后者给卡佳用了一些促进呼吸的药，并在飞往巴格达机场途中监控它的情况。他们降落的时候，军队兽医部门的外科主任医师已经在直升机停机坪等着了。他们钻进一辆悍马，赶往兽医诊所。

“兽医说它只需要好好休息。”麦克莱斯基说。几天后，医疗小组赶往另一个军事设施进行强化康复——麦克莱斯基一直陪着卡佳。一周后，这个军犬小组又开始工作了。

2006 年驻扎在伊拉克的兽医安吉拉·帕克，对处理类似卡佳这样的紧急事件有着丰富的经验。她描述了一个典型的日子：“我通常很晚下班，然后乘军用直升机或地面车辆去几个前沿作战基地中的某一个。”然后，她借一张简易床，设法在赶往犬舍检查军犬并告知军犬训导员需要处理的事情之前睡上几个小时。

她说:“我会把每只军犬检查一遍,然后帮它们处理一些问题。其中最常见的是耳道感染、腹泻、热应力损伤、脚掌或肢体撕裂伤或外伤。我带着一个装有药品和我在诊断或治疗中会用到的设备的急救箱，如果要用到我没有随身携带的东西，我就向本地的营级救护站求助，或者在必要时通过救护直升机把病犬带回我的大本营做进一步的治疗。”

来自两条腿的人类并不总是款待所有动物。尽管很多士兵和小组收养流浪犬和民间宠物，但当流浪犬被认为威胁到他们的犬类战友时，士兵们会毫不迟疑地保护“自己人”。有一次，海军陆战队在阿富汗的马尔贾执行步行巡逻任务，一只当地狗攻击了他们的拉布拉多寻回犬。他们别无选择,只好射杀了它。毕竟,是它先招惹了他们的战友。

停工期

尽管所有的报告都说军犬的工作就像玩游戏，但那毕竟是工作，而且因为是作战，所以可能很血腥、紧张而且可怕。工作中的军犬必须主动而且警觉，接收气味、声音和威胁，无论自觉与否。另外，正像它们的人类同伴一样，它们也需要停工期。

“它们不是机器，”伦恩·阿瑟诺说，“它们不能一天 24 小时都是军犬。它们得有时间做一只平常的狗。”

所以尽管军犬的确获得了一些强制性的休整期，但有时候它们会自己做主。“如果它们身边有任何种类的球，你就得小心点。”在爱德华空军基地和林戈、一只10岁的比利时马林诺斯犬一起工作的参谋军士詹姆斯·菲尔肯顿说，“在巴基斯坦，我们真的开展过一项活动，把所有的篮球、足球和排球都藏起来，因为它总想得到它们。”

拉布拉多寻回犬坦戈是一只爆炸物侦测犬，2010年在阿富汗赫尔曼德省的时候，它曾经走过一次神。它在和一队海军陆战队队员一起巡逻的时候变得警觉起来，那意味着附近有爆炸物。经过爆炸物小组的调查，灾难得以避免。那天的气温超过了38℃，所以他们开始返回营地。在路上坦戈发现了附近的一条灌溉渠，就撒着欢跑了过去。它跳进水里戏水，海军陆战队队员们站在岸上观看。该走了，他们叫它，但它在陡坡下面爬不上来，一个战士只好跳下去把它抱到岸上。

军犬训导员们认为这些狗宁愿待在海外而不是它们国内的基地吗？乔治·梅西相信是这样的。

“虽然它们想念家人而且没有风险工资，但认真地说，它们事实上在很多方面更喜欢在这里。”他说，“首先，这里的气候很难适应，但它们习惯了，而且这里更有家庭气氛。就在此刻，我们让狗待在房间里,和它们的训导员一起在床上睡觉。回到国内,它们可以睡在舒服的犬舍里，但没有人陪伴。而在这里，它们几乎每时每刻都和它们的训导员在一起。”

炫耀

驻扎海外的时候，军犬小组一项鲜为人知的传统活动是向当地居民、战友和空军进行公开展示。这样做有若干个原因。

首先是为了展示军犬小组能做些什么，这样不仅能改变人们的错误认识，同时也能够显示受过高度训练的军犬的令人生畏的力量。正如官方陆军战地手册上关于军犬训练的说法，“公开展示的目的是为了吓阻犯罪活动并促进公众对于军犬的接受度。在任何时候,公开展示都不应成为一种娱乐的形式。”手册上还说,“犬舍主管应该确保不向公众解释敏感的训练技术，避免会使军犬变得疲劳或厌倦长时间或频繁的公开展示。”

这种展示也允许军犬和训导员在他们的现役同事面前炫耀一番。

“这样做的主要目的是让部队看看我们有能力做到什么，无论是侦测、撕咬，还是服从。”参谋军士卡利·帕尔，一位和11岁的比利时马林诺斯犬雷克斯搭档一起来到阿富汗的第554宪兵连的军犬训导员说，“同时也使他们明白在实战时可以怎样利用我们。有时候，他们会提出一些超出军犬能力的要求。比如：我们的军犬没有接受过在雷区搜索的训练。那是另外一种军犬。”

这也许只是一种演示，但在观众看来可能真实得让人揪心。2005 年在伊拉克进行的一场公开演示里，军犬训导员斯科特·佐恩和参谋军士丹尼·斯派德展示了他们的军犬如何查找爆炸物和攻击并制服嫌疑犯。

佐恩的搭档、军犬奥尔多首先出场。兰德尔·派伊尔充当嫌疑人。等他一跑开，佐恩就命令奥尔多去抓他。几秒钟之后，奥尔多追上派伊尔并死死咬住了他戴着护套的左胳膊。佐恩上前对派伊尔进行搜身，按照脚本，派伊尔设法把他推到一旁，同时奥尔多仍然死咬着他的胳膊。

派伊尔挣脱后继续逃跑，但又突然停住了脚步，因为奥尔多追上来了。后者跑过他身边，然后转身走过来盯住他，直到佐恩赶过来搜身。奥尔多最后的表演是护送派伊尔到一个特定的地点。每次派伊尔偏离方向，奥尔多就用叫声警告并用身子拱他，一直把他引到正确的地点。

接下来是斯派德的搭档、军犬布里特展现能力的表演时间。这一次，佐恩扮演假目标，他跳进等候的车辆，开始逃跑。但是，布里特同样在几秒钟内追了上去，从窗口扑进去，用牙齿咬住了他的胳膊。等布里特松口后，佐恩跑向一辆悍马并试图爬上车顶。

他没能成功，因为布里特很快追上了他，佐恩的胳膊又一次未能幸免。

战区的食物和水

我们继续求助于令人信服的陆军战地手册：“军犬必须维持特定的体重并只能吃特定的食物。每只军犬每天平均需饮用 10 加仑水。在下一次补给建立之前，要有足够食用 90 天的狗粮。除非兽医官另有指导，军犬必须食用由联邦总务署订购并供应的标准高性能狗粮。军犬一天要喂食两次，除非兽医官规定另外的进食频率。”

不可否认，当军犬在作战区域把大部分时间用于嗅探炸弹或其他爆炸装置时，坚持执行一天两次的进食规定往往不现实。军犬训导员马修·科布 2005 年被派往伊拉克时，按照要求，他要每天给莱伊卡称一次体重。

“我每天喂它 4 杯狗粮，”他说，“如果情况有变化，我们的食物摄入量也会变。如果哪天执行任务很辛苦，我就多喂它一点。如果我们待在营地里，很轻松，我就少喂它一点。”

虽然有人可能会对战场上的军犬是否需要额外关注的问题感到难以回答，军犬训导员和助训员认为这其实没那么复杂。“从逻辑上说，军犬需要一些特别的关注，但它们的需求和普通士兵没多大分别。”在阿富汗和德国牧羊犬本尼一起服役，隶属于第101空降师的军犬训导员尼古拉斯·科谢罗斯基说，“它们需要总务订购的食物，需要供它们居住的犬舍，还有兽医师和兽医技术员提供急救治疗。”

当他们外出巡逻的时候，军犬训导员必须为军犬携带额外的补给。“在我们离开营地外出的时候，我不仅要考虑自己，也要考虑我的狗。”亚当·H·莫拉托雷，一位军犬训导员说，“所以，普通士兵只用携带自己的装备，我们要为了军犬带更多的东西。我们必须为它们携带额外的食物和水、急救包、装备，如犬用眼镜和犬用靴，还有奖品。”

按照拉里·比纳的说法，在越南的时候，情况变得糟糕得多。有的时候，军犬小组要外出执行3天任务，驯犬员不得不为他们本人和军犬带上全部的食物和水。“出发的时候，我的背包可能接近80磅重。”他说，这其中通常包括15夸脱的水，因为他们去的区域通常没有河流。如果他们真的发现了水源，也必须使用碘片处理。

有一次，比纳要去执行一项任务，但直到深入丛林，来到一个很难用直升机进去投放补给的地区后，他们才告诉他这项任务要持续5天。

“我自己倒不怕，但卡利的食物会耗尽。”他指出。比纳要求供应组送来6包狗粮，这样可以让卡利撑下来。他可以从其他士兵那里搜刮一些军用即时口粮来对付一下。

打完电话几个小时后，他们听到直升机嗡嗡飞到附近低空的声音，紧跟着传来一声清晰的包裹落地的声音。比纳很高兴，卡利不会挨饿了。他和一个战友朝声音传来的方向跑过去，在丛林里找了一会儿，然后发现了那个包裹。只是里面不是6包，而是一整箱狗粮。

他的第一个想法是："我到底该拿这一整箱狗粮怎么办？"尽管卡利真的很饿，但他们绝不能在这几天里拖着一整箱狗粮，而且卡利是队伍里唯一的一只狗。军队严令禁止在营地或巡逻途中留下任何物品，因为对越共来说，那样做就像队伍在身后留下了一条面包屑的痕迹。

"我们要处理掉这些东西，"他想，"我不得不把它们埋起来。"比纳开始挖坑，但没过多久，他的饥饿占了上风。毕竟，他的军用即时口粮和卡利的食物同步耗尽了。于是他只好向另外几名士兵求助。

"那几个家伙带的只够自己用，他们不愿意分给我。"

还要在丛林里饿两天肚子。比纳做了唯一的选择。"我有滋有味地吃了两天狗粮，"他承认道，"味道不错。口感湿润，有点像沙子，但可以喝水送下去。不过我要告诉你，是的，有些事你不得不做。”

训练另外的警察力量

即使在作战区域，训练也不能间断。

军犬小组被部署到那些气候恶劣的国家时，训练仍然是军犬的日程表里最重要的组成部分。马修·科布说，他必须提高他的军犬的忍耐力，这不仅是为了执行任务，还因为伊拉克的气候条件。

“莱卡虽然不懂，但所有的玩耍和训练都是对它有好处的。”他说，“我们天天玩取物游戏，一直到它玩累为止。它累的时候会让我知道，或者躺在阴凉里，或者就给我那样一副表情。”

在军队部署地训练和在本土训练的唯一不同，是前者很容易收到一举两得的效果。因为很多接受部署的单位也负责训练当地军事人员以提高他们的工作水平，军犬小组也经常在对自己的军犬进行强制性训练的同时，培训伊拉克的驯犬员，教授他们如何和他们的犬类搭档一起工作。

2009 年 9 月，军方开始和伊拉克安全部队合作，开办了一所警犬部门和训导员培训学校。挑选军犬训导员和伊拉克的对应人员——他们从数量上来说还很少，组成小组，帮助他们成为爆炸物侦测犬训导员。

在一次例行训练中，本——一只英国皇家空军的军犬为了追捕“嫌疑犯”，跳出一辆 SUV 的车窗。

美国空军图片 / 摄影：空军下士斯西亚 · M · 威尔斯

尽管事实上伊拉克人长期对狗持怀疑态度，而且也没有豢养小动物当宠物的习惯，但这项合作很快取得了成功。“我很喜欢！我爱狗！”做了4年伊拉克警察、志愿担任助训员的萨鲁格·萨阿德·哈米德说。

“我被他们和他们的狗之间呼应的方式彻底感动了，”这个项目的首席教官、海军中士马修·奈利说，“他们的狗十分忠诚，而且愿意和它们的训导员一起工作，你能明显感觉到，他们和那些狗之间的关系与日俱增。”

这种手把手训练的一个附加的好处是，伊拉克警察能借此练习英语；毕竟，这个项目里的狗都是美国狗。因为伊拉克项目沿用美国的军犬政策，伊拉克的训导员也要学习负责犬只的医疗防护工作。

“对伊拉克人来说，学习基本的医疗课程很重要，这样他们就能在问题出现时及时进行判断处理，使犬只在需要的时候得到及时治疗。”詹妮弗·斯克鲁格斯上尉、一位第64医疗分遣队的兽医说。

和斯克鲁格斯一起参与这个项目的参谋军士贾斯汀·费尔南德斯、第51宪兵分遣队的一位驯犬员，对她的说法表示赞同。“通过教授伊拉克人如何使用军犬，我们就能以自己的方式从这个国家抽身出来。”费尔南德斯说，“凭借他们今天获得的训练，他们将能够确定潜在的医疗问题，并把犬只交给兽医处理。”

到目前来说，这个项目被证实是成功的。“我们比只有军犬和训导员的时候有了更多的需求。”巴格达警察学院 K-9 培训部门主管穆罕默德·麦什布·哈伊准将说，“但是，未来我们需要多达 1000 只军犬。”他补充说，“那将非常有助于增强公共区域的安全。”

“我们鼓励训导员每天爱抚和拥抱他们的狗以增强感情，”他又说，“公众能够相信这些狗并不可怕，它们是来这里完成任务的。”

甚至连资深驯犬员也会得到意想不到的收获。拉尔斯·佩尔森准尉，一位在科索沃联合行动训练组工作，帮助那个国家的训导员学习如何提高犬只的探测技能，如何锻炼他们的实践技术的瑞典驯犬员说：“我肯定能在家里采用这种训练方式。这里的经历开阔了我的思路，让我对回去之后如何训练 K-9 训导员和军犬，以及我自己的狗有了更多的想法。这种培训允许我在不同的环境，而不是在我自己的环境单一的营地里训练。”

“尽管所有的美国军方训练课程都在同一所学校，我们参与这样的活动，通过彼此交流能学到更多的东西，也能从我们国外的同行那里学习。”在菲律宾执行一项联合训练任务的犬舍主管、陆军上士吉米·史密斯说，“但是，我们有些人缺乏战场追踪方面的控犬技巧。”

“训练很辛苦，但这样很好，”菲律宾空军基地第73保安中队的空军一等兵艾曼纽·莱昂纳多说，“我喜欢参加这样的混合活动，因为我从美国军队和空军那里学到了一些新技术。这种基本的服从性训练将非常有助于我成长为一名训导员。”

悼念

令人忧伤的是，有时候，军犬训导员和他们的犬类战友必须从时间表里抽出时间，在前线悼念他们的训导员伙伴。

在这些追悼活动上，常常会有另外几只狗——受过训练的军犬和其他狗出席。在阿富汗巴格拉姆空军基地，黄色拉布拉多犬蒂米陪着特丽莎·希尔拉夫参加了一场追悼会兼任务伤亡报告会。

“经常外出能帮助我们熟悉部队，所以当他们真正经历困难时期——出现重大伤亡的时候，就叫我们来参加。”希尔拉夫说，“我们就会赶过去，提供慰藉和支持。”

“人们经常来访问蒂米，”她补充说，“这是它的好处：它不挑剔。它不在乎你是谁，你是什么级别。当它穿上制服的时候，那就是在说：‘我在执行我的任务。我是为你而来的。’”

士兵们，无论是四条腿还是两条腿的，都会偶尔停下来，怀念那些倒在地雷或狙击手子弹下的训导员或军犬。一些葬仪犬也会因为受伤或疾病死亡。

2009 年春天，来自巴格达附近一座基地的军犬和训导员参加了凯文——一位因癌症去世的同僚的追悼会。它的死出人意料，它的训导员、参谋军士阿龙·迈耶也沉痛地出席了仪式。

“凯文是我生活中最精彩的部分，”和凯文一起并肩工作了 4 年的迈耶说，“凯文是一只伟大的巡逻犬和爆炸物侦测犬。我能轻易地拨动它的开关，因为所有的训练都是我们一起进行的。”凯文是第一批参加伊拉克自由行动的军犬之一，在生病的时候，它正处在最后一次部署期。迈耶本计划在它退役后收养它。“凯文拥有很多人类的特性。”他补充说。

在悼念仪式上，士兵们为它献了诗，一名号手吹响安息号，其他军犬小组依次把小点心放进凯文的食盘里以示祭奠。

陆军军士、军医阿然·布莱克和他在阿富汗贾拉拉巴德阿富汗国民军部队观察哨哨位处捡到的一只小狗在一起。

美国陆军图片 / 参谋军士瑞恩·马松

第十章

归隐

巡逻犬安提斯是一只出色的比利时马林诺斯犬，2002年从军队退役的时候，它刚满10岁。因为它健康状况良好，也没有慢性病，军方在拉克兰基地（所有退役的军犬在完成最后一次部署后都要回到这里）为它做过检查后，把它列入收养名单。它得到了一份健康证明。

伊利诺伊州乔利埃特市的梅勒迪·普罗菲特正寻求收养一只退役的军犬，以便在她的丈夫——陆军上士托马斯·普罗菲特被部署到韩国的18个月中陪伴她和她的家人。“在我丈夫离家期间，安提斯充当了伴侣和保护人的角色，”梅勒迪说，“它对我们的6个孩子既温柔，又有耐心。他们非常喜欢它。如果我们不开口，它甚至不大声叫，但它时常和家里人‘谈话’。”

在和普罗菲特一家人快乐地生活了3年后，安提斯病了。兽医诊断它得了膀胱癌，经过初步治疗后，医生表示它不可能康复了。梅勒迪艰难地决定让它走。她的每个孩子都得到了一次和它说再见的机会，然后，她也见了它最后一次。

“‘人类最好的朋友’这句话完全是安提斯的写照。”她说。她的全部家人，包括她的丈夫在部署期结束后，都喜欢花时间和安提斯在一起。“安提斯教会我们享受我们拥有的事物，因为你永远不知道什么时候会失去它们。”

安提斯的故事是关于退役军犬生活的完美实例。就像人类一样，好好工作，报效国家，然后尽情享受和放松，偶尔回首往事。

军方决定让现役军犬退役可能有几个原因：需要越来越长的时间治愈的慢性损伤；军犬变得迟钝下来，无论是反应时间还是精神状态；或者因为任务结束，军犬在下一个部署期结束后会变得过于老迈，假如这样，在部署期开始时的小毛病可能在短期内发展成严重的健康问题，尤其在作战区的紧张状态下。

军方对于军犬退役的官方政策是：2 至 12 岁的犬只都符合被收养条件。现役犬只，无论是曾经参与过海外部署或只是在国内服役的，正常的退役年龄是 8 至 12 岁。被拉克兰基地领养的犬只应该是 2 至 4 岁。

因为“9·11”恐怖袭击，更多的军犬在较小的年龄退役。到 2010 年，军犬的平均退役年龄从之前的大约 10 岁降到了 8 岁半，主要原因是它们的责任变大了，从而使它们的工作变得更艰难，也更紧张。

“这些军犬是真正的运动员，”加里·埃默里、前拉克兰基地公共关系主管说，“像任何运动员一样，它们会出现关节问题之类的疾病。但它们仍然可以用来训练新训导员，因为这个工作轻松得多。”

和到了一定的年龄就不得不离开特定行业或职位的人类比较起来，军犬有更多的回旋余地。只要它们仍然表现优秀，年龄就不是问题。我们看到过仍然在服役的12岁的军犬，它们的第四或第五个部署期还没有结束的迹象。

事实上，9岁的布莱克在军队的时间比它的一些训导员还要长。这只爆炸物侦测犬两次赴阿富汗后，目前正在伊拉克度过它的第二次部署期。布莱克和杰弗里·米肖2010年上半年驻扎在伊拉克。“那里的任务结束了，但军犬将工作到它们不能工作为止，”米肖说，“有的狗13岁了，还是老当益壮。”

但是，退役也许是因为军犬认为自己到了该归隐的时候。

在执行过几次任务后，受过高度训练的军犬出现精神疾病的情况并不少见。军犬训导员、参谋军士里基·胡克的搭档，一只名叫亚科的比利时马林诺斯犬，在10岁的时候“认为”自己受够了。

“它们经历了那么多，所以在经过一段时间后，它们认为在那里不好，”胡克说，“它们就是想离开。”

无论是跟着训导员回国，在某个军事基地或政府机构从事轻松一点的工作，还是被某个平民家庭收养，军犬首先要做的事情是：去训练化。

解训

二战过后，对军犬进行解训，使它们适应退役后的非军事生活变得势在必行。“退役军犬必须学习如何适应社会生活，学会如何和其他动物及人类相处。”唐纳德·R·沃尔顿说，他的德国牧羊犬搭档幸运曾在1945和1946年间和海军陆战队一起转战于关岛和太平洋战区。

幸运在整个服役期只有一个训导员，而且，在它回到沃尔顿的家中以后，它必须重新社会化。“让它关注其他人并以正常方式和他们相处是绝对重要的。”沃尔顿说。他们通过一系列的方式来实现，其中的一个办法是每天和幸运玩耍，使它习惯于重新做一只平常的狗。“我们重新得到幸运的时候，海军陆战队的人告诉我们，必须每天和它玩半个小时。相信我，这种运动会把任何人都搞得筋疲力尽。”

如果军犬在医学上被认为适合收养，然后它就会接受攻击性测试。这项测试是这样进行的：通过给它食物和玩具，然后再以拿走的形式，模拟它在一个有儿童的家庭会有什么反应，根据拉克兰基地营运主管蒂莫西·奥里的讲述：

“我们给狗戴上口罩，让它靠近人类，观察它是否会攻击或者咬人。”他说，“如果有一只狗这样做，就代表测试失败，我们就不会把那只狗交给公众。”

领养

克林顿总统于2000年11月签署并通过了众议院第5314号法案，即罗比法案。这个法案允许退役军犬能够被执法机构、前军犬训导员和一般公众领养。在这项法律生效之前，尽管军犬训导员和其他军事人员会偶尔申请领养军犬，但总是得不到批准。

罗比是一只8岁的比利时马林诺斯犬，它曾经参与过多次军事部署，但它的髋关节发育不良和关节炎病情出现了轻微恶化。在它返回拉克兰基地后，它的训导员申请收养它，但上级拒绝了他，并通知他鉴于罗比的身体状况，必须对它执行安乐死。那位训导员通过媒体公开了罗比的困境。众议员罗斯科·巴特莱特也参与了立法草案的起草，进而影响了立法。不幸的是，当法律获得通过的时候，罗比的健康状况已经严重恶化。最后军方别无选择，只好对它执行了安乐死。

今天，军犬常常在它们服役期的最后一天来到拉克兰基地。“当一只军犬不能再执行巡逻任务的时候，第一步是确定拉克兰基地是否需要利用它培训训导员，”约翰·普罗布斯特少校、拉克兰基地第341培训中队指挥官说，“如果不需要，法律上规定它最后一次服役所在的单位的安全部队或宪兵指挥官来评估它被人收养的可能性。”他们可以在训练中心咨询犬舍主管、兽医官和动物行为专家，决定它是否适合被人收养。

基于健康状况和性格，如果一只退役军犬被认为符合领养程序，它首先会被提供给部队附近的一户平民家庭。

任何领养退役军犬的平民都需要签署一份免责协议，免除军方和政府对于军犬可能导致的破坏或损伤的责任。领养人也要负责所有的兽医费用。

即使一位前任训导员提出领养申请，筛选的程序也必不可免。查尔斯顿联合基地的克利福德·哈特利和西尔一起服役了4年。在他们最近被派往阿富汗的时候，西尔感染病毒，双眼的视网膜神经受了损伤。“它丧失了大部分视力，总是撞到东西。”哈特利说，“它向每个靠近它的人大声喊叫，因为它要等到他们走近才能看清楚。”因为它是德国牧羊犬，它开始脱胯。“它几乎已经准备生活在沙发上了。”

他们回到查尔斯顿后，哈特利被升职为训导员，并申请正式收养西尔。但在申请获批之前，西尔必须待在基地的犬舍里。哈特利必须通过规定的程序领养这只狗。他们按照要求制作了一段西尔在一系列性情和咬人倾向测试中的表现的视频。比如，当一名训导员把一只手放进西尔的食盘里，它会作何反应？然后他们把这段视频发往拉克兰，由领养顾问决定这只狗是否能够被领养。即使和训导员一起生活，这只狗身边仍会有平民和陌生人。“问题就归结为：让它在外面你会感到安全吗？”哈特利字斟句酌地

脱胯
犬类因为髋关节发育不良造成的后肢行动困难。

问，“如果答案是不，那么它就要回到拉克兰，变成一件教具。”

“这些狗在很大程度上被训练得极具攻击性，所以严格筛选是至关重要的。”拉克兰基地第341训练中队指挥官、空军少校凯西·乔丹说。她和基地的另外几个领养官也会考虑到领养家庭是否有儿童和其他狗，以及新主人是否有丰富的驯犬经验这些因素。

从越战以来，时代变了。“那些狗不再仅仅是一件装备，而是帮助我们拯救生命的助手，所以我们用上了所有能用上的办法确保它们尽可能地保持健康。”乔丹说。

有人抱怨领养程序的繁琐，但乔丹称这些程序不过是获得申请者家庭信息的简单工具。

“这是申请，不是一项试验。”她说，“我们了解有关申请者家庭其他宠物或儿童的简单信息，是为了确保找到能够正确照料这些狗的合适的对象。此后，还会通过后续的访谈确定未来的主人是否对和一只退役军犬生活有符合现实的预期。”

“领养者是要找一只狗看家还是陪他们散步？”她问，“他们要找的是一只高活泼度还是低活泼度的狗？我们收集这些细节，是因为我们希望领养能够获得成功。”在很多案例里，部队的军人会对潜在收养家庭做私人访问，在确保狗生活舒适的同时，也会察看院子是否有适当的篱笆以防止狗走丢。

在罗比法案生效之后，第一只被领养的狗是一只名叫罗尼的11岁大的比利时马林诺斯犬。与罗尼相处了3年多的训导员、海军军士凯文·比斯法姆，抓住这个机会领养了它。

“我爱我的狗,得到它后我真的很兴奋。”他说,“罗尼服过役，我希望给它一个舒适的家。我把一切都给它弄得舒舒服服的。它再也不用工作了。”

2008年1月，黛比·坎道尔从兰利空军基地领养了本尼，一只患有退行性骨骼疾病的10岁大的德国牧羊犬。黛比是那样兴奋，她决定分享自己的感受，于是创办了一个叫做军犬收养(Military Working Dog Adoptions.com)的网站，旨在让人们了解这些军犬可以成为很棒的宠物，而且它们在全国各地都能申请得到。

很容易理解，越战中的军队兽医和军犬训导员推动了为民间领养军犬铺平道路的大部分运动。毕竟，他们的军犬被划分为多余设备，绝大多数军犬在战争结束后被遗弃，面临着无法预知的命运。阿兰·德里斯科尔是一名在越南待过两年的军犬训导员，1967年他和他的搭档、德国牧羊犬达切斯道别的那一天，至今仍深深烙在他的记忆里。

毕竟，在越战时期，和今天的大部分军犬训导员一样，他和达切斯相处的时间远远多于和其他战友相处的时间。从黄昏到黎明，他们每天晚上都一起在新山一空军基地的周围巡逻。

所以在30年过后，当有机会得到一只同样的军犬，让生活变得更加美好的时候，德里斯科尔抓住了机会。在2002年年底，当他把2岁大的纯种德国牧羊犬巴罗迎回家时，他变成了全国第二个领养退役军犬的越战退伍军犬训导员。巴罗不是多数人想象的那种退役军犬，它在拉克兰基地的训导员认为它不能胜任严格的军队生活，但德里斯科尔并不介意。

“我们大多数人都对那些狗的遭遇感到非常伤心，”德里斯科尔在谈到他那些曾经在越南服役的军犬训导员同事时说，“我们都满腹牢骚。但是现在，我有了一个改变它们遭遇的机会。”

当然，在今天，尤其是在卡伊罗的英雄主义冒险故事被传播到全世界之后，每个人都希望领养一只军犬。他们需要做好等待的准备。2011年年底的时候，这个等候批准的申请人名单已经排到了一年半以后。现在，全国每年可供收养的退役军犬有300只，但自从2011年5月猎杀本·拉丹之后，一下子涌入了超过400起领养申请。黛比·坎道尔报告说，她的军犬领养组织在那场突袭之后的两周内，一共接到了超过300个咨询电话。

“外面感兴趣的人很多，”约翰·普罗布特说，“我想有很多人是受爱国情感的驱使，也懂得军犬的生活并不轻松，这可能是他们的主要动机。但我想提醒一下，把这样的狗请进家里需要考虑一些现实问题。这些狗已经接受过 8 到 10 年的训练，具有很强的攻击性。领养家庭必须考虑军犬的工作能力，以及它们潜在的危险性。”

在这方面，未来领养人筛选程序中包括向他们展示被军犬咬伤造成的伤口照片。

正如德里斯科尔所发现的那样，并非所有的军犬都是身经百战、功勋卓著的老兵，有些也可能是还没有正式成年就被拉克兰基地的筛选程序淘汰下来的。但它们足以胜任主要目标是抓坏人的其他职业。

克桑图就是明证。2007 年，这只德国牧羊犬在拉克兰基地的训练中落选，但阿拉巴马州摩根县警方的 K-9 部门立刻把它弄到了手。后来他们很高兴那样做了。除了在县里巡逻和抓捕坏人以外，克桑图还是频繁参与该地区警犬选拔赛和赛跑比赛的选手。事实上，它最近在有三个州参加的一项比赛里被评为优胜者，还进了阿拉巴马州动物名人堂。

“它需要的只是时间，”克桑图的训导员克里斯汀·巴奈特说，“它能力均衡，驯服，而且非常适合训练。”

根据格里·普罗克特的说法，被认为可收养的狗不再被执行安乐死了。“所有狗都找到了一个家。”

有时候，有必要用军犬和训导员配对的方式为狗狗寻找一个更合适的主人。“我有一只三条腿的狗，”驻扎在弗吉尼亚朴茨茅斯的海军中士罗恩·毕夏普说，“它有残疾，而且很听话。如果这些狗有训导员的话，它们都很听话，它们对像我这样受过训练的人没什么攻击性。”

领养军犬的现实性

积习难改，退役军犬亦然。加州贝克斯菲尔德市的蒂芬妮·塔奇斯通在领养了退役嗅弹犬巴格尔后，才对此有了认识。她承认，在大多数时候，它从前的职业影响仍然随处可见。

“我不知道我们究竟能不能消除训练的影响，”她说，“它搜索孩子们的背包和我们出城时的行李。”像它那些退役的人类搭档一样，它偶尔会在电视里出现枪战画面时打哆嗦。

同时，打算领养军犬的军犬训导员和普通平民都应清楚地了解，把一只无论因为什么原因丧失部分工作能力的狗带回家将会是怎样的情形。

换句话说，领养退役军犬是一种巨大的荣誉，而且可能会使你感到温暖和激动，但一只10岁的狗在犬类中已经相当于老年人，即使它在开始成为家庭一员时没有严重的健康问题，等着吧，那些问题总会来的。特别是仍然在军队里最常见的德国牧羊犬，髋关节发育不良会首先降临在它们身上，此外还有白内障、关节炎、癌症和其他老年性疾病。

它们在普通家庭生活的另一些问题和障碍可能是令人惊讶的，但并非不可理解。例如，因为很多军犬大部分时间生活在野外，一些规矩对它们来说并不是必要的。这也意味着民间狗狗要上的典型课程——比如懂得如何上下楼梯，克制住自己不跳上餐桌把一个四口之家打算做晚餐的牛排狼吞虎咽地吃掉——对一只退役嗅弹犬来说是莫名其妙的。同时对人类和其他狗而言习以为常的声音，如吹风机和门铃，退役军犬可能会本能地把它们和战场上的声音联系起来，并作出相应的举动。

和人类一样，一些军犬在停止工作后会变得精神委靡。毕竟，它们大部分时间都在战场上生活，工作，训练，每一次都会和一个人建立起极端亲密的感情纽带。确实，有时候一位训导员领养了一只退役的军犬，让狗待在家里，他则每天继续外出工作，训练全新的犬只，这种情况很难不影响困在家里的退休“人员”。

布莱恩·阿莫斯，萨克拉门托县警长办公室的一位副警长，在和他一起服役 4 年的搭档吉米因为受伤不得不退役的时候，领养了它。阿莫斯说，每当他不得不离开家训练一只新的搭档时，自己的内心就极为纠结。吉米显然明白是怎么回事，每天早上都坚定地用大量的叫声来表达它的不满。

“我感到自己在欺骗他。”阿莫斯说。

每个和各种各样的狗有过多年共同工作经验的军犬训导员和兽医官，当他们开始和退役军犬一起生活时，都会遇到一些独特的挑战。事实上，军犬可能也面临着特别的挑战。

杰弗里·苏德军士和他的妻子珍妮在2010年年初决定领养伊拉诺，一只退役的11岁德国牧羊犬的时候，他们正生活在冲绳嘉手纳空军基地。他们起初并不想要狗，然后他们听说这只狗的未来可能有问题。伊拉诺在作为爆炸物侦测犬和巡逻犬成功地完成了职业生涯以后，被考虑进入领养程序，但潜在领养人在得知它的后腿因为退行性腰髋狭窄几乎没有活动能力的时候，都放弃了它。的确，它只能用前腿拖着身体在地板上活动一下。

“如果我不带走它，它很可能被执行安乐死。”照顾着基地里的48只军犬的冲绳基地动物治疗设施主管苏德说，“它把时间献给了军队，所以我感到它应该像人类一样过上舒适的退休生活才对。”

经过最初的犹豫以后，苏德把伊拉诺带回了家。为了帮助伊拉诺在家里活动起来更容易，他和妻子把家里的每一寸地板都铺上了地毯。“那样它的前腿更能用上力，移动起来也更容易。”他说。

后来他开始为这只狗制作一辆临时轮椅，用两只轻便的轮子，一个PVC框架，把珍妮缝制的一个绳套挂在中央，用来托起伊拉诺的后半部分身体。伊拉诺很喜欢坐在里面跑来跑去。

安乐死

事实上，尽管有许多家庭热心收养那些会让不少人失望的有特别需求的狗，但对一些退役军犬来说，安乐死仍是自己不可避免的宿命。2007年，在281只来自拉克兰基地的退役军犬被训导员和一些家庭收养的同时，另有116只被执行了安乐死。不得不这样做有两个主要的原因：一是它们患了重大疾病如癌症或严重的慢性疼痛，二是它们被认为过于好斗而无法和一般人相处。

“人们为家养的宠物执行安乐死也是因为同样的原因，”蒂莫西·奥里说，“这完全是为了公共安全，或让它们不再受苦。”

并非每个人都同意这个说法，“我希望他们能够让军犬在失去工作能力之前就退役。”罗恩·毕夏普说。他相信如果军方不是把这些狗精力榨干之后才宣布它们退役的话，那么这些狗就有可能在患病之前享受一到两年的退休时光。“他们不会让人工作到死，那就不要让狗一直干到死。”

但即使那些认为不适合领养的狗，也能得到第二次机会，甚至它们还能赢得军事荣誉。

一个典型的例子是：德克斯特，一只被列入退役名单的德国牧羊犬将被执行安乐死，因为它过分好斗，同时也患有退行性关节病。其他功劳暂且不论，它因曾发现了一颗本来会在伊拉克美军基地一个挤满人的餐厅外爆炸的炸弹，从而救了上千人的命。

一些人听说了它的故事,包括“拯救老兵”(Save-A-Vet)——一个致力于救助那些不适合被领养的退役军犬和警犬，并把它们和残疾老兵及执法机构官员结对的非盈利性组织。在他们的努力下，德克斯特在回国时不仅受到了英雄般的欢迎，美国退伍军人协会芝加哥分会为了表彰它的奉献，还把它接纳为成员，使它成为该协会历史上第一个犬类成员。

“在前线，我们认识到这些动物干起活来比我们更强。”驻地指挥官杰里·康捷尔斯基说。

在欢迎仪式上，德克斯特被带领着穿过由 14 位老兵组成的庄严的迎接队伍。最后，人们送给它一枚徽章和一块两磅重的牛排，后者被它在几分钟内吃个精光。

“据我们所知，它是全国退伍军人协会的第一名 K-9 成员，”康捷尔斯基说，“‘拯救老兵’组织的创办人丹尼·舍雷找到了我们，我们认为他的主意不错。德克斯特在伊拉克服务了 6 年，救过不少人的命。我们这样做是对的。毕竟，它是一个老兵，应该有人照看它。”

“它是军队的服务成员，”诺埃尔·沃金，协会第 703 分会的副指挥说，“我曾在越南服役，并和部队的军犬成员一起作战。

军犬为我们所做的贡献从来没有得到承认。我不关心对方是有两条腿还是四条腿，老兵应该帮助老兵。”

舍雷是一名陆军和海军老兵，他的最后一次服役生涯是2004到2006年间在伊拉克。他说，他只想确保德克斯特得到应得的退休生活。“在我参与部署的时候，有一只救过我很多次的狗。我们绝对不进入军犬没有事先搜查过的建筑。它们所做的工作比我们看到的要多得多。”

德克斯特的最后一任训导员凯瑟琳·埃里森也参加了仪式，“我太高兴了，”她说，“我不能指望一个比这更好的结局了。我一直期望和祈祷它有一个美好的结局。它在这里得到了。”

庆祝和纪念

许多退役军犬会陪同它们的训导员或新主人参加纪念自二战以来在军中服役的军犬的典礼，或者全国各地越来越多的新的军犬纪念碑的落成仪式，继续发挥它们的余热。

雅克作为爆炸物侦测犬，在伊拉克和阿富汗参加过多次战争部署。在它迎来退役前几个月，它参加了一场募捐活动，为佛罗里达州瓦尔帕莱索附近的埃格林空军基地空军装备博物馆建造一座军犬纪念碑。

“我对这场活动感到很兴奋，”它的训导员里基·胡克说，“这是所有军犬应得的荣誉。”雅克将在几个月后退役并和胡克一起生活在一座10英亩大的农场里。

有时候它们会成为公众瞩目的焦点。美国养犬俱乐部加入了这场行动，创办了美国养犬俱乐部军犬奖来关注军犬和训导员小组。2007年，这个奖项颁发给了陆军上士盖布，一只拉布拉多寻回犬，它和它的训导员查尔斯·沙克在伊拉克巡逻。从2006到2007年，这个小组共执行了大约200次战斗巡逻。

“盖布就像军营的吉祥物，”沙克说，“仅仅有狗的存在就能大幅度提高士气。”他承认盖布对他也有同样的影响，“如果我哪天心情很糟糕，它能把这一天变得美好起来。没有什么比和一只狗做搭档更美妙的事了。”

那么卡伊罗，那只和海豹六队参与过本·拉丹行动的军犬呢？如果它有一天进入待领养名单的话，不知道会有多少人排着队领养它呢！

但请不要激动，根据军方的规定，鉴于这些军犬的非凡特性，有卡伊罗这样履历的精英军犬是不能转变成家庭宠物的。按照巴登K-9公司的迈克·麦肯纳瑞的说法，“这种水平的军犬是不能成为宠物的，我们让这些退役的军犬在我们的设施里生活，同时有一些跟士兵一起生活，并成为他们家庭的一部分。但我们无论如何都不会抛弃它们。”

军犬是美国军事武器库中必不可少的组成部分，它们的任务只会不断地增加。那些和它们一起工作的人们也没有别的选择。

克利福德·哈特利和西尔在科威特和阿富汗一起服役了4年，尽管他热爱和军犬之间的那种感情纽带，但他也不得不承认，就像和人相处一样，有时候他们也需要休息。但是，到了最后，他还是更喜欢狗。“我宁愿和狗一起工作，也不愿和一个真正的人做搭档。”

安杰洛·梅伦德斯下士，一位彭德尔顿营的军犬训导员说，除了和他的德国牧羊犬搭档洛奇一起工作外，他无法想象从事其他工作，“有些人用机械或电脑工作，但我们使用的是一种活着的、会呼吸的工具。”他说，“在海军陆战队里没有其他像（军犬训导员）这样的工作。我真的没办法解释我来到这里并真正和军犬一起工作时的感受，这是一种只有当事人才有的体验。”

的确如此。然而，和一只热诚的犬类搭档一起工作可能是苦乐参半的。军犬和人类（训导员）都在为国家服务，对军犬来说，这通常意味着拯救身边人类的生命，即使以付出自己的生命为代价。

巴克是一只在越战时期和它的训导员丹尼斯·N·杰夫考特一起服役的混种德国牧羊犬。“它能嗅出350码以外的敌人，发现埋在地下6英尺的爆炸物。”杰夫考特说，“我们第一次执行任务的时候，巴克在我正要踩上一根绊线的时候示警，救了我一命。从那一刻起，我就把我的生命完全托付给它了。战友都喜欢巴克，因为在不用工作的时候，它会给每个人一个狗的吻，还会在接飞盘时翻筋斗。”

“巴克在我们执行的每一次巡逻任务中保护我们，是的，还有热爱每一个人，从而鼓舞了每一名士兵的斗志。”杰夫考特又说，“巴克几乎没有漏掉过任何一个埋伏的人、任何一根地雷绊线或竹钉陷阱，但是有一天，它因为一次失误被地雷炸死了。我总是把它的照片贴在我住过的每个房间的墙壁上，因为我把我的存在归功于它的爱和勇气。”

在土耳其因斯莱克空军基地，军犬训导员和他们的伙伴在为阵亡军犬罗尼举行的追悼会上行军礼。

美国空军图片 / 摄影：空军下士亚历克斯·马丁内斯

伊　莱

海军上等兵柯尔顿·W·腊斯克喜欢各种各样的狗。他在德克萨斯州桔园市长大的时候,就很爱家里养的狗。他尤其喜欢伊莱,那只4岁的黑色拉布拉多爆炸物侦测犬，自从2010年秋天他俩被部署到阿富汗以后，伊莱就一直在他身边。

“无论什么时候打电话回家，他说的都是伊莱的事，伊莱的所思所想就是他的所思所想。”他母亲凯西·腊斯克说。事实上，柯尔顿和伊莱是那样亲密，他们甚至睡在营房里的同一张小床上，因为伊莱不愿意睡地板。如果不得不在外面过夜，他们就挤在一个睡袋里。如果食堂工作人员禁止狗进食堂——这是常见的情况，柯尔顿就来到食堂外面，这样他就可以和伊莱一起吃。他甚至通过Facebook向家人更新伊莱的动向。

很明显，柯尔顿是海军陆战队的一名军犬训导员。“我们养了一辈子狗，”达雷尔·腊斯克、柯尔顿的父亲说，“当孩子们还睡在摇篮里的时候，基本上就有一只狗在咬他们的尿布了。”

2010年12月6日，在阿富汗的赫尔曼德省，无论是柯尔顿还是伊莱都没有觉察到塔利班的狙击手已经瞄上了他们。三发子弹后，柯尔顿倒地身亡，伊莱趴在他身上，保护他免遭进一步袭击。

伊莱在确定被收养后，和军方负责人一起面对媒体。

图片来源：美国空军图片
摄影：罗宾·克雷斯韦尔

腊斯克一家因为儿子的死而陷入了巨大的悲痛当中。伊莱的正常命运是被转交给另一个训导员；毕竟，它还年轻，而且身体健康，它的爆炸物侦测技能无论在阿富汗还是在世界上的其他地方都有迫切的需求。

但腊斯克一家有其他想法：他们希望领养伊莱。那样，他们将能够最大限度地接近自己的儿子。他们向军方呼吁，并得到德克萨斯州州长里克·佩里的支持，伊莱很快就在赶往德克萨斯州的路上了。

“柯尔顿将乐于得知我们领养了伊莱，”凯西·腊斯克说，“就像柯尔顿谈起伊莱一样，‘我的就是它的。’我们是柯尔顿的家人，所以现在我们也是伊莱的家人。领养这只狗确实冲淡了我们的悲伤。”

“伊莱将永远作为一只把海军陆战队队员带回家庭的狗而被我们牢记，”协助促进这一过程的海军陆战队参谋军士杰西·艾斯克里克说，“它现在是腊斯克家族的一员。”

致谢辞

此刻我的声音一定听起来像一张破唱片，但我仍然必须首先向我的超级代理人——斯科特·孟德尔表达我的感激之情。

其次是圣马丁·托马斯·邓恩图书公司的彼得·约瑟夫，以及提出《为战而生》这本书的想法，并托付我执笔的汤姆·邓恩。同时感谢莎莉·理查森和马修·希尔。

在非商业战线，荣誉和感谢要归于迈克尔·默里的坚毅和幽默感。因为这是在不到一年时间里的第二次，你必须忍受我在很短的时间里痛苦地写作一本书，而且没有一次退缩　　好吧，也许有一次。下一次，下一本书：越南正等着我。

接下来，感谢给我和我的笔记本电脑——以及露比提供场所的朋友，感谢你们让我头一年的游牧生活过得像模像样。首先在新罕布什尔州：谢丽尔·特罗塔用大量的蚬肉扁意粉、手撕猪肉、巧克力食品和不错的基安蒂红酒让我的生活有了几分条理。感谢山姆·托塔，我将永远是你眼中的好妈咪；感谢迪恩·霍拉茨和莱斯利·卡普托，你们容忍了我凌乱的行李和总是最后一分钟出现，感谢那些午夜的快乐；感谢鲍勃和里根·迪普雷特　　你们知道的。

在查尔斯顿，感谢约翰·威尔逊和戴维·波特，你们把星期一的夜晚变得那样快乐，让我能够毫不费力地度过被拴在电脑前的几个星期。特别感谢克里斯汀·莱恩，你挥动魔棒，在气温37℃以上的天气修好了空调，挽救了距离交稿时间还有3天的我。

在宾夕法尼亚，感谢乔和盖尔·加卢沙及他们的家人，现在还包括小东西邦比纳——将要出世和我们一起生活的女王　　感谢你们使她成为我生活的一部分。感谢吉尔·格里森，头发火红的疯狂爱尔兰女人，感谢你让我们在某个外国（我们无疑会留下一串焦土的痕迹）生活几个星期的梦想保持鲜活，

最后，在伯克莱、普林斯顿、巴尔的摩和我们无论什么时候碰巧去过的其他任何地方——几乎是不应当这样频繁的，感谢亚历克斯·石井总能及时找到我们。

图书在版编目（CIP）数据

为战而生 /【美】丽莎·罗嘉克著；丁剑译．—合肥：
黄山书社，2014.10
ISBN 978-7-5461-4736-9

Ⅰ．①为… Ⅱ．①丽… ②丁… Ⅲ．①故事－作品集
－美国－现代 Ⅳ．①I712.45

中国版本图书馆 CIP 数据核字（2014）第 230615 号

版权合同登记号：12131326

为战而生　　【美】丽莎·罗嘉克 著　丁剑 译
WEI ZHAN ER SHENG

出 版 人　任耕耘
策　　划　任耕耘 杨 雯
责任编辑　江一常
特约编辑　赵迪秋
装帧设计　齐 娜

出版发行　时代出版传媒股份有限公司（http：//www.press-mart.com）
黄山书社（http：//www.hspress.cn）
官方直营书店（http：//www.hsssbook.taobao.com）
营销部电话：0551-63533762　63533768
（合肥市政务文化新区翡翠路 1118 号出版传媒广场 7 层　邮编：230071）
经　　销　新华书店
印　　刷　合肥中德印刷培训中心印刷厂

开本　880×1230　1/32　　印张　7.75　　字数　200 千字
版次　2015 年 1 月第 1 版　　印次　2015 年 1 月第 1 次印刷　　定价　32.00 元
书号　ISBN 978-7-5461-4736-9